警視庁監察官Q

メモリーズ

鈴峯紅也

朝日文庫

本書は書き下ろしです。

目次

警視庁監察官Q
メモリーズ

序

警視庁の超巨大証拠物件集中保管庫、通称〈ブルー・ボックス〉は江戸川区の葛西《かさい》にあった。正確には東京メトロの葛西駅と、葛西臨海公園の中間で、中左近《なかさこん》橋の辺りだ。管轄は葛西署になる。

ブルー・ボックスは三階建てのRC構造で、外観は一辺の長さが約百五十メートルの長方体だった。

一階部分に二階相当の高さがあり、三階建ての割りには全高もあった。通常の建築物なら四階から五階に相当する、約十四メートルだ。

外壁にはRCの上に鋼板パネルで化粧が施され、一メートルピッチで鮮やかなブルーの横ラインが入っていたが、これは当初からのカラーリングではないらしい。もとは、全体にブライトグレー一色に塗られていたようだ。

それを、警視庁の一棟借りが決まったことにより、警視庁らしくということでブルーの水平ラインを後から入れたという。

誰の発案かは不明だが、再塗装の結果からすれば、縞《しま》模様は誰の目にもブルーの割合が多く見えた。

それで誰が呼ぶともなく自然発生的に、ブルー・ボックスという通称で固定したようだ。

そんなブルー・ボックスだが、警視庁で証拠物件集中保管庫の運用が検討され始めたのは、平成二十五年、つまり現在より、約四年を遡《さかのぼ》った頃のことだった。

平成二十二年の法改正により、殺人事件等の重要事件の時効が撤廃されたのを受けてのことだ。

時効が撤廃されれば、未解決事件の証拠品・押収品は〈保管〉され続けなければならなくなるのは自明のことだろう。

実際、この猛毒のような法改正の効き目は絶大だった。

いい意味ででではない。

日本全国の、特に小規模県警及び小規模署では即効性を現し、すぐに同時多発的に悲鳴が上がった。

それまでも証拠品・押収品の収蔵に余裕があったわけではなく、セキュリティも隅々にまで行き届いていたわけでもない。

杜撰《ずさん》な管理による紛失や、公言は憚《はばか》られるが警察関係者による証拠品・押収品の横流しは、枚挙にいとまがないほどだった。

そこでようやく、警察庁主導で証拠品・押収品の保管管理の、民間企業への全面的な委譲が検討されることになった。

これがようやくというか、法改正からは約三年が過ぎた、平成二十五年のことだった。当然、首都に冠たる警視庁がまず、全国に先駆け何某《なにがし》かの回答を出すのが、当たり前の成り行きだったろう。

正解かどうかは向後に諮るとして、とにかく警視庁の出した一つの答えが、ブルー・ボックスだった。

警視庁は民間から巨大な倉庫を借り上げ、ロジスティクスとセキュリティの最新技術を導入し、この年一月から正式な運用を開始した。

ただし、ブルー・ボックスに導入されたのは、なにも最新のテクノロジーばかりではなかった。

――証拠品や押収品は、ある者たちの剝《む》き出しの欲望だ。触れる人間を腐らせる。あるいは壊す。

そう断言したのは、警察庁長官官房首席監察官・長島敏郎《ながしまとしろう》警視監だ。

――今までの倉庫は、狭さがかえって人の目という結界だったかもしれない。多少の綻《ほころ》びはあったとしてもだ。感知や検知などというテクノロジーの話ではない。自浄にして浄化を促す、人としてのアナログな、道徳という線引きだ。だが、ブルー・ボックスにはそれがない。巨大過ぎる。矮小《わいしょう》な道徳や些細《ささい》な感情など、飲み込まれる。

だから、

――ブルー・ボックスには、監察が今の内にしっかりとした根を張っておく必要があるのだ。

そうも言った。

そこで、この長島の主導でブルー・ボックスに導入されたのが、警視庁警務部人事一課監察官室に勤務する一人の管理官と、その部下たちから成る一班だった。

管理官の名は、小田垣観月《おだがきみづき》と言った。

観月は、幼い頃の些細なアクシデントにより、不幸にも喜と哀の感情にバイアスが掛かってしまった女性だった。

感情が上手く表情に表れない観月は、蔑称・愛称・尊称の別は知らず、いつからか〈アイス・クイーン〉と呼ばれた。

けれど――。

幸不幸は紙一重、いや、表裏一体だ。

観月は感情喪失の代償として、当時の主治医をして〈神の能力〉と言わしめた、超記憶の能力を獲得していた。

超記憶は、人の身でテクノロジーとアナログの隙間を埋めてつなぐ、言わばハブとして機能するものだった。

余人にはない、稀有《けう》な能力だ。

そんな観月を、長島は首席監察官室に呼び、こう言った。

――ブルー・ボックスは、お前の城でいい。君臨しろ。それでこそQ、クイーンの面目躍如だろう。

このひと言により、警察機構の証拠品・押収品の保管管理に対する一つの未来、超巨大証拠物件集中保管庫は三十三歳の、一人の女性の双肩に委ねられた。

しかし、そのことを不安視する向きは警察上層部にはまったくなかった。

君臨しろと命じた長島との、続く会話の中にすべてが集約されていた。

――おや。城ですか。牢屋《ろうや》や監獄などの類ではなく。

――そこになんの違いがある。どれでも一緒だろう。お前なら。

――ご明察。

命じ手が命じ手なら、受け手も受け手だ。

この女なら耐える。

いや、この女性なら撥《は》ね返して余りある。

それが小田垣観月という若きキャリア警視であり、いずれにしてもブルー・ボックスは、そんなアイス・クイーンの支配する、壮大な城だった。

第一章

一

「なんだってまあ、今日も暑っちいな」

七月二十日、木曜日の朝だった。

東京メトロ葛西駅から外に出て青空を睨《にら》み、牧瀬《まきせ》広大《こうだい》はぼやいた。

快晴の朝だったが、だからなんだという気分だった。駅のロータリーに立てば陽射《ひざ》しは朝から焼け付くほどで、蟬《せみ》の声が押してくるほどにやかましかった。

これから歩くブルー・ボックスまでの約一・八キロメートルを思うと、暑さと蟬の声の効果もあり、多少なりとも気は重かった。

といって、ブルー・ボックスが陸の孤島のような不便な場所にある、というわけではない。駅前からはバスのルートもあり、最寄りのバス停は所在地から百メートルほどの大通り沿いにあった。交通の利便性にはなんの問題もない。

歩くのは牧瀬の意志であり、些細《ささい》なことだが〈そんなこんな〉は昔から続けている、弛《たゆ》まぬ努力というやつだ。

三十一歳にして警部は、基本的に頭脳明晰、といっていいからだが、牧瀬の場合はそれだけではない。大学時代は柔道で、七十三キロ級の国際強化選手でもあったのだ。身体《からだ》を鍛えることは日常だった。

しかも、

――いいかなぁ。頭ぁ鈍るとなあ、身体も鈍るでな。身体ぁ鈍るとなあ、頭ぁもっと鈍るでな。

そんな、端的にして一切の飾りのない言葉で説かれる〈文武両道〉は、当時の老師にして総監督の口癖であり、牧瀬も骨の髄まで叩《たた》き込まれた教えの一つだった。

ブルー・ボックスへの徒歩通勤は、本部庁舎とブルー・ボックスを行き来する体制になった当初から、牧瀬は普通にそうすると決めていた。

約一・八キロメートル程度の通勤は、朝の寝惚《ねぼ》けた身体を目覚めさせるにはいい距離だった。

「それだって、真夏の快晴でさえなきゃって話だろうけどな」

牧瀬はふたたびぼやきながら、ハンドタオルを取り出した。

春には春の、秋には秋の、折々の風情が感じられるのが徒歩通勤のいい所、との認識はあったが、〈赴任〉して間もない今のところはまだ、雨が降っているかクソ暑いかのどちらかしかなかった。

出掛けに聞いたニュースでは梅雨《つゆ》が明けたと言っていたが、どうも今年は空梅雨だったようだ。

七月に入ってからは連日、とにかく暑かった。

牧瀬にとっては今のところ、到着する頃には間違いなく着衣がひと色変わっているというのが、ブルー・ボックスへの通勤時の常だ。

牧瀬が朝、ブルー・ボックスに到着してまずすることは着替えと、着ていった衣類を洗濯機に放り込むことだった。

ブルー・ボックスは現在、渋滞ばかりする近所迷惑な一カ所だけの搬入路を二系統にするため、裏ゲート及び警備事務所の新築中だった。そのためのゼネコンと総管理・監修を請け負うアップタウン警備保障の現場事務所が真裏にあり、そこに最新型の洗濯機が二台導入されていた。

ついでに言うなら、ブルー・ボックス本体の二階にはシャワー室や仮眠室が複数室、完備されていた。給湯設備の付いた広い休憩室も三室あった。

つまり、〈宿泊〉が可能だった。

上司である小田垣観月管理官に、

――全然、普通に生活出来るわね。

と口にさせるほどの快適さだ。

税金で賄《まかな》われているくせに、というクレームをつけられかねないとする向きも警視庁上層部にはあるようだが、それはまったく正しくない。

ブルー・ボックスは、警視庁による一棟借り上げが決まる以前も以降も、詰まるところは倉庫なのだ。額に汗して働く人の、マン・パワーが発揮されなければ成り立たない場所だ。

汗して働けばシャワーでも浴び、さっぱりして帰りたいのが人情というものであり、人情はマン・パワーを最大限に引き出すエネルギーだ。

現場事務所の洗濯機然り、ブルー・ボックス二階のシャワー室や休憩室然り。規則と効率と節約だけでは、人は動けないし、動こうともしない。

そんなマン・パワーの場所に警視庁が独自に導入したのは、たかが最新のロジスティクスとセキュリティと、後から付け加えた仮眠室だった。

仮眠室は、ひとたび事件が起これば解決まで〈帰らない〉という刑事の覚悟とも象徴ともして、本部庁舎だけでなく各所轄にも絶対に作《あ》られていた。

これはブラック企業の典型例として、警視庁の悪しき習慣とも、ただ〈収監〉とも内外で揶揄《やゆ》される一事だ。

働き方改革が叫ばれ始めた昨今ではある。が、最新のブルー・ボックスにも当然のように、後から足してまで仮眠室が設置された。

これは、とにかく〈作業は設定ノルマ達成まで・トラブル発生時は収束まで〉帰るなという、上層部の逆らうべからざるお達しとして、牧瀬班の全員にはしっかりと認識されていた。

「まあ、いつも通りか」

牧瀬は歩きながら時間を確認した。

ブルー・ボックスまでを、牧瀬はいつも十五分ほどで踏破した。所要時間は体調のバロメータでもあった。

路地から生活道路然とした都道に出ると、歩道の右手側に二・四メートルの高い鉄柵と、その中にブルー・ボックスの威容が忽然《こつぜん》と現れる。

牧瀬にとっては四日振りのブルー・ボックスだったが、何度見てもその外観に思うイメージは、要塞だった。

実際、全体に赤外線レーザーも張り巡らされ、現在まだ一カ所しかないゲートには、車両を感知して地面から突き出してくる、イスラエル製の特殊鋼製のハイセキュリティ型ボラードが設置されていた。

牧瀬はおもむろに、ゲート脇の守衛詰所に向かった。

四日振りなのは、本来の職務に専念出来ないほどの職務外職務に、言わば〈出向〉することが多かったからだ。

GW明けの九日から約二週間、今では本庁舎内だけでなく、広く警視庁管内で〈ヒトイチの多連装ランチャー〉、あるいはQAS（クイーンズ・イージス・システム）と呼ばれる、監察官室による警視庁所属員の不正摘発があった。

もちろんクイーンズと呼ばれる以上、主導したのは小田垣観月管理官だ。

その余波はおよそ二カ月経《た》った今も、本庁内だけでなく、あまねく各所轄にまで及んでいた。

端的に言えば、離職者だけでなく逮捕者までが想定を上回るほど大量に出て、特に所轄においては、規模によっては機能不全に陥る係が出るほどになったのだ。

この事象を自戒も含め、インフルエンザによる学級閉鎖のようなものだと笑った署長も赤坂などにはいた。

摘発を主導したのはアイス・クイーン小田垣観月だが、処分を決断した人物がまた悪かった。

六月一日から前任の藤田進《ふじたすすむ》警視正を継ぎ、警視庁警務部人事一課、通称ヒトイチの監察官室首席監察官に着任したのが、前公安部参事官の手代木耕次《てしろぎこうじ》という、この年で五十七歳になる警視正だった。

徹頭徹尾の原理原則、杓子定規《しゃくしじょうぎ》のキャリアで、恐ろしく切れるくせに警視正、警務部監察官という職でおそらく上がりになるのは、組織と上手く馴染《なじ》まなかった証《あかし》だ。

にも拘《かかわ》らず行いを改めるわけでもなく、批判を歯牙にも掛けず独立独歩の正義を貫く、手代木とはそういう男だった。

そんな男が監察官室のトップに座ったのだ。摘発された者に対する情状酌量など、たとえ同階級の署長の嘆願があったとしても一切を受け付けるわけもなかった。

原理原則に則《のっと》った処断は、牧瀬の直属の上司である観月に言わせれば、気持ちがいいほどに公明正大だった。

それでQASは、〈監察官室型インフルエンザ〉として警視庁管内に蔓延《まんえん》した。

本来ならQASは監察官室の職務として面目躍如、のはずだったが、かえって苦情が至る所からガス漏れのように噴出し、監察官室に向かって火を噴いた。

特に、小田垣観月とその一派にだ。

発端は、六月初めに牧瀬に掛かってきた一本の電話だった。

——各署の業務が滞っているのは事実です。手伝って下さい。その代わり、たまにそちらの馬場《ばば》君を鍛えてあげましょうか。

依頼者は池袋に本部のある、組織対策部特捜隊の、東堂絆《とうどうきずな》警部補だった。

──ちっ。背に腹と馬場は代えられねえ。わかった。

と、勝手に馬場を材料にしたバーターの約束で、牧瀬は渋谷署の組対と特捜合同の捜査を手伝った。

これがいけなかった。

──こっちも、なんとかしてくれ。

──おおっと。こっちもだ。お前らのせいなんだからな。

かくて、責任を取る形で牧瀬班からは牧瀬が、観月が管理官として統括するもう一班の横内《よこうち》班からは主に、主任の馬原《まはら》と部下の一人、都合二人が助っ人として多方面に駆り出されることになった。

横内の係から二人なのは、異動がちょうどあり、単純にそちらの人数が一人多かったからだ。

「牧瀬。貸しだぞ」

同じ係長だが年長の横内には以来、牧瀬は顔を合わせるたびに執念深く何度も念を押された。

もっとも、顔を合わせる場所が監察官室ではなく、本来の職分ではないガサ入れの現場というところがまあ、笑おうと思えば笑える程度にはかすかな救いだった。

そもそも監察官室には、公安上がりが多いのだ。

多方面と言っても、ＱＡＳに引っ掛かるような警察官は外部との接触の多い刑事部や組対に多かった。

捜査の助っ人と言われては無下に断ることも出来ないというか、慣れた作業と言えなくもない。

この日も四日振りなのは、高島平《たかしまだいら》署からの依頼で捜査応援に行っていたからだ。

「おっ」

鉄柵沿いに回っていくと、ゲート脇の守衛詰所に、ワンショルダーのメッセンジャーバッグを背負って、小さく丸まった馬場の背中が見えた。

入場者は事前登録及び予約が原則だ。当日はその確認と、入場者名簿への記入が必須となる。

これは当然、ブルー・ボックスで働く者たちであっても例外ではない。

寄っていって、名簿へ記入中の馬場の背中を叩いた。

「おはようさん」

馬場の背中は乾いていた。バス通勤だからだ。

「あ、係長。おはようございまぁす」

牧瀬、馬場。

連日ではないが、牧瀬班ではこの二人が、現在のところブルー・ボックスの担当だった。馬場に至ってはほぼ常勤に近い。

主任の時田《ときた》と森島《もりしま》は何日振りどころか、六月の中旬からブルー・ボックスには来ていない。横内班の若いのと組み、それぞれに追っている監察対象者がいたからだ。

警視庁内だけでなく警察庁にも検察庁にも、いや、全国の警察機構に鳴り響いたQASを、一時の大鉈《おおなた》と見るのが大多数の甘い見解らしいが——。

それは、甚だしいほどの大間違いだ。

なぜならQASは小田垣観月を以《もっ》て発動し、小田垣観月が監察官の職を解かれるまで永遠に続く。

つまりQASとは、警視庁警務部監察官室に勤務する小田垣観月という、女性キャリアの存在そのものとイコールなのだから。

二

記入を終えた牧瀬は、ブルー・ボックスの境界内に足を踏み入れた。

ゲートから入ってすぐは、乗用車なら三十台は停《と》められる駐車スペースになっており、このときは管轄である葛西署のパトカーが二台停められていた。

牧瀬たちの入場とほぼ同時に、搬入の軽ワゴンとウイングバントラックが連なって入場してきた。朝からご苦労なことだ。

もっとも、正式な運用開始から半年以上過ぎた今も、運び込まれる証拠品や押収品が途切れることはなかった。

あるところにはあるというか、どこにでもあり過ぎるほどあるというのが、現状の正しい認識だろう。

「おら。行くぞ」

「了解でぇす」

馬場を促し、牧瀬は足早に建物に向かった。

建物のゲートに一番近い角に、ささやかなキャノピーが張り出したエントランスがあった。

そこが、ブルー・ボックスの二階以上への出入口だ。

牧瀬たちが近づくと、立ち番をしていた葛西署の制服警官がふたり、敬礼で迎えた。

「お早うございます。四日振りですね」

年配の方がそう声を掛けてきた。もう馴染みになった感のある巡査長だった。

牧瀬も馬場も敬礼で返した。

「そうっすね。今日も朝から暑いんで、こまめに休憩入れてくださいよ」

「なぁに。慣れっこですわ」

「そう言って頑張っちまう人が倒れるもんです」

そんな会話を牧瀬がしているうちに、馬場がメッセンジャーバッグからカード・キーを取り出し、リーダに翳《かざ》した。キーは牧瀬班全員に支給されたものだ。カード・リーダはよく見る壁付ではなく、扉の内外に設置された次世代両面型というやつだった。カード・キーがなければ、外からだけでなく内側からも電気錠は開かない仕組みだ。

音もなく開いた扉の中に馬場が入り、

「じゃ」

と片手を上げて挨拶し、間を置かず牧瀬も続いた。

エントランスの内側は、ただ狭い閉鎖空間になっていた。そこから壁際に据えつけられた急勾配な階段が、一直線に三階まで駆け上がる。

この辺りが無機質で色気もなく、窮屈な感じなのはいつものことだ。

倉庫の機能を最優先した場合、人的移動経路が最小限になるのは仕組みというより、構造上の理屈だろう。

「どうします？」

すでに中二階近くまで階段を上がっていた馬場が、立ち止まって聞いてきた。

「ああ。俺が顔を出すわ。なんたって、四日振りだからな」

「じゃ、先に上がってます」

そう言うと馬場は中二階へ入る踊り場を通過し、二階へと向かった。

牧瀬が踊り場に上がる。

中二階は正確には、一階の天井下の一角になる。

そこはかつてブルー・ボックスに監察官室の面々が乱入し、観月が君臨することになる前の〈総合管理室〉の場所だった。

現在の総合管理は、二階のシステムに移行している。

中二階のこの場所は主に、搬入・搬出のメインである一階の作業監督と防災を担当した。

そちらへの扉もまた、出入りするにはカード・キーが必要だった。

牧瀬は電子錠を開け、内開きの扉を引いた。

すると、わかってはいることだが、いきなり痛いほどの喧騒《けんそう》の中に出た。

全身にぶつかってくるような喧騒は、一階倉庫内のダイレクトな作業音だ。下から駆け上がってくる様々な音が、天井に跳ね返って耳に突き刺さってくる。

「おう。今日も朝から激しいな」

掻《か》き散らすように一度手を振り、牧瀬はエキスパンドメタルのキャットウォークに足を振り出した。

扉内の左手側に少し壁沿いを進めば、そこが倉庫内の角で、張り出したような総合管理室だった。

部屋の壁は腰高から上が見通しのいい全面の窓だったが、牧瀬の場所からすぐには出入口は見えない。

壁沿いを周回するキャットウォークは、総合管理室に突き当たってから鉤《かぎ》の手に折れる。

出入口はその鉤の手の向こうになり、やはり入退室にはカード・キーのシステムが導入されていた。

扉を一旦スルーしてキャットウォークを正面の壁まで進めば、右手側は一階の倉庫内に降りる階段になっていた。

喧騒が示す通り、一階倉庫内は常に搬入・搬出で大勢の人が出入りしている。

その上、ブルー・ボックスの一階は真四角の各面に大型車がそのまま入ることが出来るシャッタ口が四カ所ずつ切られ、少なくとも、日中はほぼすべてのシャッタが開きっ放しだった。

言わばブルー・ボックスの一階は、外の空間も同様なのだ。

そんな関係で、一階の出入口だけでなく中二階の扉も、旧総合管理室の扉も、ようは〈外気〉に触れる場所はすべて、最新の電子錠で管理されていた。

全面の窓に沿って周回し、牧瀬は外開きの扉の前に立った。

かつてはその扉に、〈総合管理室〉のプレートが付いていた。今は撤去され、両面テープの跡しかない。

管理室の中に、スーツ姿の男たちが見えた。

牧瀬は解錠して中に入った。

扉を閉めると、外部の音はほぼ遮断された。

三十畳はある室内には無数の事務机が並べられ、所どころにデスクトップPCの大きなモニタが置かれている。

顔を回せば、L形に二面の、倉庫内に向かう窓からは一階のすべてが見渡せた。

四方に配されたサスペンション式の天井クレーンや重量物用のトップランニング式Wクレーン。

他に、各シャッター付近に設置された突き出しのジブクレーン、牧瀬の側から見た最奥にある、三階まで昇降できる大型リフト。

すでに場内を走り回るフォークリフトも五台は数えられた。

室内からの視界の透明度は高かったが、それだけでなく、扉と真反対の壁面には五十五インチ型のクアッドモニタが据え付けられていた。

監視カメラと直結のシステムで、この場所が本当の意味での〈総合管理室〉だったときには、それぞれが外と一階、二階、三階を映し出していたが、現在はそちらでも常時、一階を四隅からモニタしていた。

「よお」

牧瀬が入室すると同時に、室内からまずそんな挨拶をしてきたのは、もうお馴染みのヘッドセットをつけた年嵩《としかさ》の方だった。

ブルー・ボックスの本運用が始まってすぐ出向となった、刑事部刑事総務課の高橋直純《たかはしなおずみ》係長だ。

警視庁における内部保管庫の総責任者は、刑事部刑事総務課長ということになっていた。現在の課長は、勝呂《すぐろ》孝義《たかよし》警視正だ。

内部の責任者だからというだけで外部保管、つまりブルー・ボックスも兼務とされ、割に合わないとぼやいていたところを、長島と観月が〈上下〉で挟み込んで言質《げんち》を取った形だ。

――勝手にしろ。

勝呂のこのひと言で乗り込んだ観月と牧瀬班が、本当に好き勝手にしていた当初は、この中二階の高橋とはずいぶん衝突した。

が、それも今は昔で、現在では同じ〈ブルー・ボックス〉の飯を食う仲間として折り合っている。

他にも室内には二人いたが、こちらは最近になって刑事総務課から補充された職員で、牧瀬はまだよく名前も覚えていなかった。

本来なら高橋の他に、ブルー・ボックスの本稼働以前から勤務していた内山《うちやま》と小暮《こぐれ》という二人がいたが、内山はブルー・ボックスも絡んだとある事件でこの世を去り、小暮は同様な別の事件で警視庁を去っていた。

――ここにはね、人の欲望が目一杯詰まってるわ。係長。心してね。下手に触ったら人間として腐るか、壊れるから。

長島警視監の受け売りだと前置きしつつ、観月はそんなことを言った。牧瀬も真理だと思った。

だから――。

ブルー・ボックスに勤務する以上、まず律すべきは自分たちの心であり、そこに〈監察〉を職務とする者たちが配されるのは、至極妥当なことだった。

「なあ、一昨日からクイーンが顔出さねえけど、どうした？　鬼の霍乱《かくらん》か」

高橋はネクタイを緩めながら物騒なことを言った。まあ、そんな物騒なことを言えるほど、慣れた関係になったということでもある。

勝手にしろ、と言質を取って以来、ブルー・ボックスはアイス・クイーンの城だが、クイーンとその一派だけで切り盛りできるような代物ではない。

図々《ずうずう》しくも観月は勝呂に掛け合って、高橋とその一派を借り受けた。

もちろん、タダではない。

観月が主導した〈トレーダ〉という犯罪組織の摘発に、刑事部から捜二特捜八係だけでなく刑事総務課を絡めたのは、純然たる〈貸し〉になった。

もちろん、そうするつもりも大いにあった。

以降、クイーンは城にいる限り、監察官室の牧瀬班だけでなく、刑事総務課の高橋班の上にも君臨することを許された。

「まあ、来ねえなら来ねえで、胸焼けしねぇで助かるけどな」

高橋は言いながら鳩尾《みぞおち》の辺りを撫《な》でた。

観月は常に、一日一度はブルー・ボックスに顔を出し、甘い物を置いてゆく。

本人が大の甘い物好きだからだ。特にこし餡《あん》には目がない。

「そう言えば、高橋さん」

牧瀬は目を細めた。

高橋は痩せぎすの四十六歳、だったはずだが、今では少しふっくらして見えるのは、気のせいか。

「どこ見てんだよ。で、クイーンはどこだって？　出張かい？」

牧瀬の視線を嫌ってか、高橋が再度聞いてきた。

「ああ。いえ。有休です」

「有休？　なんだい。それこそ鬼の霍乱じゃねえか」

たしかに、およそ観月に似つかわしくない不在の理由を告げれば、返ってくる答えはそんなもんだろう。

「まあ、本人に休もうって意志が薄いんで、霍乱じゃなさそうです。なんでも実家の親《おや》父《じ》さんが入院したらしくて」

「ああ？」

「なんか、足場から落ちて救急車で運ばれたって。そんな連絡がお袋さんからあったみたいですよ」

「足場？　――あれだっけか。管理官の親父さんは職人だっけか？」

「いえ。いや、まあ近いっすけど、製鉄所の技術者っていうか。だいたい、もうリタイアしてますし」

「それがなんで足場から」

「さあ。そこまでは」

「ふうん」

高橋は腕を組んだ。

「親の怪我《けが》で帰郷なんてなあ、鬼も人の子ってことかい」

「そうなりますかね。鬼の親は鬼で、ああ、そっちが霍乱したから帰ったって感じですかね」

「おう。そっちの方がしっくりくるな。——おっ」

落ちがついたところで高橋が窓の外を睨み、ヘッドセットに手を掛けた。

いいタイミングだった。

牧瀬は室内に背を向け、カード・キーを翳した。

「おらぁ。C—3シャッタの軽トラぁっ。線越えて中に入んじゃねぇ。大島だか八丈だかぁ知ら——」

扉を開けると高橋の声は喧騒に紛れ、キャットウォークに出て閉めると消えた。作業音の喧騒だけが残った。

「さぁて」

牧瀬は来た道を戻った。

またカード・キーを使い、階段室の踊り場に入る。

喧騒も途絶えた。

改めて二階を目指す。

そちらこそが現在のブルー・ボックスの心臓部、〈警務部監察官室分室〉のある場所だった。

三

この日、午睡の頃だ。

小田垣観月は生まれ故郷にある、和歌山市立病院にいた。

普段の出勤なら黒のパンツスーツにソリッドカラーのスリム・タイと決めている。決めれば慌ただしい朝が面倒臭くないという単純なアイデアからだが、自分ではそれが、一応トレード・マークだとも思っている。

当然、ズボラの象徴としてではない。〈お洒落《しやれ》〉としてだ。

ただ、この日は職務を離れた帰省でもあり、病院でもあるので格好は考えた。タイをオレンジにし、上着は脱いで綿シャツを袖捲《そでまく》りにした。

良くも悪くも一六七センチの上背はより大きく見え、長過ぎる手足がよけい目立つ結果にはなったが、気にしない。

要は、〈武骨でむさ苦しく、厳《いか》めしい警察官〉から出来るだけ遠い印象になれば、それでいい。

マッシュボブというか、〈蛍《ほと》ちゃんカット〉の髪、瓜実《うりざね》形の小さな顔に大きな目のはっきりした顔立ち。

　基本的には何をどうしようが、そちらの印象が勝るようだ。

〈色気のないボーイッシュ〉が際立つというのは、多方面への決して少なくない数の聞き取りの結果として、現在ではどうにも認めざるを得ないところだった。

　二十三歳を過ぎてから三十三になる現在まで、初見で人に二十三歳以上と言われたこともない。

　久し振りに顔を合わせた病床の父などは、

「お前、変わらんなあ」

と溜息《ためいき》交じりだが、面と向かって言われても特に気にはならない。

　父親とはそういうものだろう、と、ある意味では納得だった。

　その観月の父・義春《よしはる》が入院しているのは、和歌山市立病院・整形外科病棟の、五階の六人部屋の窓際だった。

　それぞれのベッドがレールカーテンで仕切られた部屋で、このときは全部のベッドが埋まっていた。

　和歌山市立病院は、観月にとっても勝手知ったる病院だった。

　ちょうど二十一年前の今頃、観月も同じ整形外科病棟の女性部屋に、一週間入院していた。

楠《くすのき》に攀《よ》じ登っておよそ十五メートルの高さから落ち、後頭部に強い衝撃を受けた。気が付いたときには市立病院の、同じ五階のベッドに寝ていた。

これがアイス・クイーン誕生の、原点たる一事だった。

観月は一部の感情と表情を失い、代わりに、注視したものすべてを永久に記憶する能力を獲得した。サヴァンにも匹敵する超記憶能力をだ。

そのとき、世話になった医者や看護師はまだまだ病院内に多い。

ただ、その頃入院していた近所の植木屋の親方が今また、父・義春の隣に足を吊《つ》って寝ているのはまあ、恐ろしいほどのただの偶然だろう。

「まったく。何やらかしてくれちゃってるのよ」

観月は窓辺に立ち、ベッドの父を見下ろした。

観月の立ち位置は陽を背負う。

義春は病床から目を細めた。

「面と向かって言われると返す言葉はないが。いや、いけると思ったんだ」

「そういう認識の甘さが、娘をいきなり実家に呼びつけるわけよ」

「不注意かな」

「歳《とし》でしょ。特に今回は、浮かれてたんじゃない？」

と、口では責める感じになるが、心情としてはわからないでもない。

観月は、表情を作るのがあまり得意ではない。その分、父には娘心の機微は伝わらないだろうが。

「浮かれてたかなあ」

義春は天井へ、遠い目をやった。

この年、二〇一七年の秋口には、日本屈指の高炉メーカーであるKOBIX鉄鋼和歌山製鉄所に完成を見る、新第二高炉の火入れが予定されていた。

高炉は鉄溶鉱炉とも呼ばれ、鉄鉱石から銑鉄《せんてつ》を取り出すための設備だ。形状は高くそびえ立つ塔で、製鉄所のシンボル的存在でもあった。

銑鉄を鋼鉄に処理する転炉、その鋼鉄を最終製品にまで一貫して製造加工する設備を持つ、KOBIX鉄鋼のような銑鋼一貫製鉄所だけが高炉を所有し、一般的に高炉メーカーと呼ばれる。

義春は十年前、六十歳の定年で、そんな高炉メーカーの所長ともいうべき立場の総炉長から退《しりぞ》いた。

定年後は相談役という形で引き続き和歌山製鉄所に残っていたが、それも、この新第二高炉の火入れを以て勇退と聞いていた。

一昨日の午後、その新第二高炉の火入れ前の最終確認に立ち会い、外部足場に上る途中、三階の高さから落ちたらしい。

七十にしては身軽に転がったようだが、すぐには立てず、苦しそうでもあったことから救急車が呼ばれた。

結果、MRIや脳波検査でも異常は見られなかったが、右足のアキレス腱《けん》は見事に断裂していた。それでこの日、手術が行われたのだ。

無事というか取り敢《あ》えず、アキレス腱は繫《つな》がった。

手術室から病室まで、付き添ってきたのは観月だった。

母の明子《あきこ》は手術室の外待合までは一緒だったが、そのまま執刀医のところに術後カンファレンスに呼ばれていた。

「浮かれて、か。そうだな。違うとは言えん。だってな、観月。新高炉だ。しかも新第二高炉はな、粗鋼で中国に押されて以来の、念願だったんだ。やっと本社がGOを出した。その火入れだぞ」

そう。

心情としてわからなくもないのは、だからだ。

身を引くことに寂しさはあれ、新高炉の火入れ、すなわち〈稼働〉に立ち会えるのは鉄鋼マンとしては誉《ほま》れだろうし、また、そんな泥臭いことを誉れに思うのが、鉄鋼マンというものだろう。

紀《き》ノ川縁《かわべり》、有本《ありもと》に生まれ育った観月は、俠《おとこ》たちをそう理解していた。

ＫＯＢＩＸ製鉄和歌山製鉄所が和歌山市に開業以来、鉄鋼業は和歌山市の主要産業だった。

そして、有本にはそんな鉄鋼関連の仕事に携わる者たちが多く住んでいた。

「そもそもな、新第二高炉の建設は、そのときに第二高炉長だった関口《せきぐち》さんが言い始めたことだった」

「へえ。そうなんだ」

父の言葉に、観月の胸が少しだけ疼《うず》いた。

当時の第二高炉長は、関口のおっちゃんだ。

関口の爺《じい》ちゃん、おっちゃん、とっちゃん、兄ちゃん、新《しん》ちゃんに川益《かわます》さん。

皆、総炉長である父・義春の部下で、生まれたときからの観月を知り、観月のアクシデントも知る者たちだ。

観月に鉄鋼マンの素晴らしさを語り、関口流古柔術の凄《すご》みを伝え、あんパンの美味《うま》さを教えてくれた俠たちでもある。

そうして全員が、磯部《いそべ》桃李《とうり》というハーメルンの笛吹き男もどきに連れられ、紀ノ川を下り和歌浦《わかのうら》の波濤《はとう》を越え、遠く大陸に鉄鋼マンの技術を持って渡った。

観月にとって胸の疼きは蠕動《ぜんどう》のようなものでしかなく、動きとしてしか実感は出来ないが、まとめて、〈悲哀〉であると知覚は出来た。

親しき者たちとの別れ、初恋の破れ。

――今はひびくらいだろうけど、喜びも哀《かな》しみも、溜め込めばいい。いずれ奔流《ほんりゅう》となるだろう。

そう言ったのは、別れの朝の磯部桃李だった。

磯部桃李。

当時は三十歳前後だったか。

観月のヘアスタイルの元となる髪型に細い目、小さな顔、細い鼻に薄い唇。

そして、観月の耳元でいつも指を鳴らしては、心に触ろうとした男。

つい最近、観月はそれが偽名であると知った。

教えてくれたのは東大の先輩であり、同じ警察キャリアとして上級職の、小日向純也《こひなたじゅんや》警視正だった。

本名は、リー・ジェイン。

世界を股に掛ける最重要警戒人物、ダニエル・ガロアを首魁《しゅかい》とする組織、サーティ・サタンのメンバーだ。

〈近々、日本に行くよ〉

そんな、リーからのエア・メールを目にしてからもまだ一カ月も経っていない。

運んでくれたのは、これもまた小日向純也だ。

リーの言葉は一枚の写真の裏に、〈再見〉の文字と一緒に並べられていた。

海を渡った者たちのその後の写真だった。〈祝十五　永山鋼鉄股份有限公司〉という横断幕の下に六人が並んでいた。

関口の爺ちゃんはさらに爺ちゃんになって、おっちゃんはビックリするくらいの白髪《しらが》頭になって、とっちゃんは綺麗な禿頭《とくとう》で姿勢よく立ち、新ちゃんと兄ちゃんは手首と燕《えん》尾服《びふく》の境目がわからないほど真っ黒で、川益さんは昔より少し太っていた。

取り敢えずみんな、元気そうだった。

誰もがみんな、幸せそうだった。

けれど、万里波濤の向こう。

出会いと別れ。

営みと企《たくら》み。

この世はなんとも、狭く深い。

「なあ、観月」

病床の父の声が、ふと観月を現実に引き戻した。

「ん？　何？」

「関口さんたち、どうしてるかな」

「なによ。いくら病院に入ったからって、それだけで気弱？」

気弱なら気丈をかぶせる。少しくらいの笑顔なら、〈作り笑い〉という表情のテクニックで見せられる。

義春は、ゆったりと笑った。

「そんな顔も出来るようになったか」

「出来るようにって、当たり前でしょ。昔から出来るわよ」

そうじゃない、と義春は枕に載せた頭を振った。

「優しい顔だよ。表情か。昔から、じゃない。昔より、だ」

「えっ」

「これも、歳月ってやつかなあ」

歳を取るわけだ、アキレス腱も切るわけだ、とわけのわからないことを義春は一人勝手に納得して呟《つぶや》いた。

ちょうど母が入って来た。

「あら。歳月って、なんの話？」

「父さんと母さんの歳の話よ」

「うーん。あんまり聞きたくないわね。——リンゴ、食べる？」

食べます、と父娘でそろって答えれば、六人部屋はあちこちから親しげな笑いも起こった。

地元、というやつだ。特に悪い気はしなかった。

「変わらねえなあ。おい」

ふと、同じ病室内のベッドからそんな声が掛かった。

「ん？」

聞いたことはあるような気がしたが、少なくとも植木屋の親方ではなかった。

もっと若い声だ。

「えっと」

訝《いぶか》しんでいると、父とは斜向《はすむ》かいのカーテンが開いた。

顔を覗《のぞ》かせたのは眼鏡を掛けた、牛蒡《ごぼう》のような男だった。

「俺だよ。覚えてるか」

「あっ」

忘れるわけもない。

観月のアクシデント、木登り対決の相手だった同級生だ。

たしか名前は――。

「長谷川《はせがわ》。あんたはまた、変わったわねえ。髪、ビックリするくらい薄くなったんじゃない？」

「放っとけ」

すると、他のレールカーテンも一斉に開いた。

——おおっと。俺もそう思ってたぜぇ。それでバイクまでツルッと滑ったかい。ええ、農協さん。

——よっ。JAバンクの星。輝けっ。

「うわ。なんすか。皆さんまで。勘弁してくださいよぉ」

六人部屋は病室ではあったが、やけに明るい笑いに包まれた。

四

明子がウサギ形に切った昔ながらのリンゴを食べ、それを潮時にして観月はショルダーバッグを肩に掛けた。

「なんだ。もう帰るのか」

病床の父は名残惜しそうにした。

「ううん。今日は泊まるわ。これからほら、滅多に来ない分、あっちこっちに顔を出して回るつもりだから。帰るのはそうね、明日の午後になるかな」

「そうか。ああ、じゃあみんなのとこには、俺の手術は無事に成功したって言っといてくれ。心配してくれてたからな」

「わかった」

「あ、観月、ちょっと待って。あたしも降りるから」

入院の正式手続きをしないと、と言って、母は病院のクリアファイルを手に取った。

観月は父の肩に手を置いた。

昔より、ずいぶん細い肩だった。鎖骨が浮いていた。

「明日は帰り掛けに来るわね。じゃ」

その手を軽く上げ、振りながら病室を後にすれば、じゃあとか、またねぇとか、背中に掛かる声は六人分あった。

返す返すも、つくづくと地元だ。

そう思えば思わず、頬が少し攣《つ》れた。

〈笑う〉という表情の電気的走りだ。

この、思わずという表現が肝要で、最近はふとした〈弾み〉で顔の筋肉が微動する。

他人にはまず伝わらないだろうが、この場合はまあ、〈苦笑〉というやつだ。

「あら？　苦笑い？　ふうん。そんな顔も出来るようになったの？」

明子が脇から意外そうな顔で覗き込み、義春と同じようなことを言った。

この辺はさすがに、夫婦ということか。

「出来るようにって。わかるの？」

「当たり前です」

明子はファイルを抱えたまま胸を張った。

「何年、あなたの母親をやってると思ってるの？」

「ええと。――三十三年くらい」

「――なんか、聞いちゃうとちょっとブルー入っちゃうけど」

でも、と明子は笑った。

「たまにしか顔を見ないけど、見ると思うの。東京へ出して、正解だったなあって。あなた、頑張ってるもの」

「そう？　そうかなあ」

「そうよ。頑張りはね、顔に出るから」

「ふうん」

疼きはあった。むず痒《がゆ》い感じだ。隔靴《かっか》掻痒《そうよう》に近い。

面映《おもは》ゆい、照れ臭い。

なんだろう。

表現も実感も出来ないが、何かではある。

「あ、そういえばさ」

エレベータに乗るタイミングで、観月は話の矛先を変えた。

わからないものに拘泥《こうでい》はしない。時間も心も、止めない。

「何？」

「父さん、最後のご奉公とか息巻いてたけど、間に合うの？　足」

新第二高炉の火入れは、盛大なセレモニーになると聞いていた。

ＫＯＢＩＸ鉄鋼本社からは社長以下重役一同が列席し、和歌山県知事や市長のスピーチもあるはずだった。グループの母体であるＫＯＢＩＸからも社長の小日向良隆《よしたか》が、そして現総理小日向和臣《かずおみ》名代として息子の和也《かずや》の参列も見込まれた。

列席者は全部で、五百人を遥《はる》かに超えるという。

義春は相談役として、それらを迎え入れる側だった。

勇退に花を添えるという意味では晴れがましくも、責任のある立場と言えた。

どうかしら、と明子は小首を傾《かし》げた。

「歳のこともあるしね。本人は今でも、当日は高炉の高いところまで上がるつもりでいるみたいだけど」

アキレス腱断裂からの術後回復は、まずギプスで二週間は固定し、その後、補助装具を付けて六週間のリハビリ、と最低でもそのくらいは必要らしい。

父・義春の場合は年齢のこともあり、おそらくもっと時間が掛かるだろう。

たとえ装具が外れたとしても、以前とまったく同じ、というわけにはいかないのも自明の理だ。

「だいたい、リハビリ中にお盆だって来ちゃうよね。大丈夫？　お寺さん参りとか、今年はどうするの？」

エレベータを降りたところで、観月は漠然と聞いてみた。

明子はそこから裏手側に向かい、最初に父が運び込まれた救急外来の受付に回るらしかった。

「あなたはどうなの？　――ああ。愚問だわね」

と、すぐに明子は掌《てのひら》をヒラヒラさせた。

「忘れて。社会人になってからは、いた例《ためし》がなかったものね」

「そうね。そういう商売なんで。でも、顔出せるようなら出すから。結論だけでも、そんなにギリギリにならないうちに、なるべく早く連絡する」

「わかった。でも、無理はしないでね」

そう言って明子は裏手に去った。

観月は一人、総合受付がある正面側の待合ロビーに出た。

すると、

「あれ。もしかして」

そんな声を掛けてくる、白衣の男性がいた。

誰であるかは超記憶に頼らなくとも、耳で憶えていた。

「ご無沙汰してます」

観月は、そちらに向かって丁寧に腰を折った。

「やあ。こちらこそ」

男性は観月の精神と超記憶能力を最初に認めてくれた医師、藤崎《ふじさき》だった。

当時は、精神科の若き優秀な医師だったが、だいぶ恰幅《かっぷく》がよくなり、髪にも白いものが混じり始めていた。

若き優秀な医師が壮年になり、精神科の部長に昇任したのは、母から聞いて知っていた。

「お父さん、大変だったね。ああ、今日がオペ日だっけ」

「はい。お陰様で、無事成功しました」

「そう。それはよかった」

「先生もお元気そうで」

「うん？　そうでもない。医者の不養生でね。少し尿酸値が高めかな」

「ああ」

それから、なん言かの遣《や》り取りをした。

藤崎は言葉の切れが良く、目の輝きなどは観月の超記憶に刻まれた当時と寸分の違いもなかった。

若き医師は壮年の部長になっても優秀さに陰りはなく、今でも患者に真摯《しんし》に向き合っているに違いない。

かつて観月のときも、真正面から一生懸命だった。

「君はだいぶ、心が前に出るようになってきましたかね」

「自分ではわかりませんけど。そうでしょうか？」

「明らかに」

「有り難うございます」

そうして病院を後にした観月は、実家のある有本の地に足を向けた。

ただし、すぐ家に帰るつもりではない。

病室でも両親に言った通り、滅多に帰らないが、帰るたびに必ず顔を出す家々があったのだ。

海を渡った、鉄鋼マンたちの家だ。

有本に帰ったらそれは、観月にとって儀式のようなものだった。

一人暮らしだった新ちゃんの家だけは、出て行く前に処分したらしく跡形もないが、
関口のおっちゃんの家は、息子が継ぐように高炉長になって二世帯住宅が賑《にぎ》やかだ。

とっちゃん家は奥さんが一人暮らしだが、老人会の集会やら旅行やらでいつ会っても

忙しそうにしている。

兄ちゃん家は父ちゃんと母ちゃんが年金暮らしで、近所に住む兄ちゃんの妹一家がよく世話を焼いているらしい。

川益さんの家ではもう、当時よちよち歩きだった孫が、来年には就職だった。

爺ちゃん家は、九州に住む息子に婆《ばあ》ちゃんが呼ばれてもう有本に家はないが、婆ちゃん自身は九州で元気で暮らしていて、爺ちゃんの〈命日〉と決めた秋・神無月《かんなづき》には必ず墓参りに帰るようだ。

そんな話を、絶え間なく流れる日々の愚痴などと共に茶飲みに聞く。

観月にとっては、大切な時間だった。

「なぁんか、暑っついわね」

有本の地に入った辺りだった。

観月は一度立ち止まり、手庇《てびさし》で蒼空を見上げた。

入道雲一つ二つの空は完璧な夏空で、陽射しはきついほどに強かった。

重量さえ感じるような蟬しぐれは喧《やかま》しく、東京の比ではない。

(昔はちっとも、気にもならなかったけどなあ)

そんなことを思えば、もう若宮八幡《わかみやはちまん》神社の鳥居が目の前だった。

紀州《きしゅう》藩祖徳川頼宣《とくがわよりのぶ》が和歌山城築城に際し、鬼門の守りとして社殿を建立《こんりゅう》した由緒正しき神社だ。
古来、有本の中心は間違いなく、この若宮八幡神社だった。その境内《けいだい》だ。
幼い子には格好の遊び場で、大人には社交場であり、憩いの場所だった。
神社の木陰から流れる涼やかな風に誘われ、観月は石段に足を掛けた。
若宮八幡は観月にとっても遊び場であり、小学校への登下校のルートだった。
そして――。
陽炎《かげろう》の立つ境内には、当時と同じような子供たちの遊び回る姿と声があった。
鬼ごっこ、かくれんぼ。
たとえ炎天下でも、そんなことが楽しい年頃だろう。観月も普通にそうだった。
いや、普通以上にお転婆だったか。
ノスタルジーは深く、自らの遊んだ頃を重ねる。
――おう、お嬢。
――お嬢。早いね。
――あんパン、食うかい。美味いよ。
蟬しぐれの中に、心優しき鉄鋼マンたちの声が聞こえるようだった。
知らず、観月は辺り憚《はばか》ることなく、大きく手足を動かしていた。
〈形《かた》より入り、形を修めて形を離れ〉る体操。関口流古柔術の形。

ゆっくりとした動き出しから、やがて山をも響動《どよ》もす雷《いかずち》となって天に挑み、戻って逆巻く怒濤《どとう》を現し、一変して母なる紀ノ川の流れに静まる。

境内でこの〈体操〉に勤《いそ》しんだ、心優しき鉄鋼マンたちの教えだ。

気が付くと、周囲に弾《はじ》けていたはずの無邪気な声が途絶えていた。蟬しぐれだけが降っていた。

子供らが遠巻きにして、不思議そうな顔で観月を見ていた。

（うわっ。やっちゃったかな）

場を取り繕うように、何気なく手近なひとグループに近付く。

「ええっと」

ショルダーバッグから、取って置きを取り出す。

あんパンではないが、市役所前『紫香庵《しこうあん》』の紀州太鼓《だいこ》だ。固めの生地にこし餡がよく合う。

「食べる？　美味《おい》しいわよ」

何人かは後退《あとずさ》りした。

代表して一人が首を横に振った。

「知らないオバちゃんから、物を貰《もら》っちゃいけないんだ」

「えっ」

わっ、と子供たちは一斉に、蜘蛛《くも》の子を散らすように駆け出した。

無邪気さは素直さだろうが、ときに辛辣《しんらつ》でもある。

「でもさ」

と、さっきの子供が振り返った。

「オバちゃんさ、オバちゃんにしては可愛《かわい》いね。モデルさんみたい」

「まっ」

他に言葉もない。太刀打ちも出来ない。

――ふふっ。

梢《こずえ》の囁《ささや》きに、そんな大人の笑い声が聞こえた気がした。

辺りを見回す。

人影どころか、気配さえない。

「まさかね」

聞こえた笑いは、磯部桃李の声によく似ていた。

ハーメルンの笛吹き男もどき。

そのとき、ポケットの中で携帯電話が振動した。

「うわっ」

昨今よく目にする番号は、警察庁長官官房の、長島敏郎首席監察官のものだった。

五

東京に戻った観月は月曜、定時より二十五分ほど早く登庁した。それが観月にとっての定時だった。

大きな紙袋を下げていること以外、服装からなにから、常日頃と変わっていることは何もない。

不変が日々に淀《よど》みない流れを産むと、これは警察庁及び警視庁に奉職してから学んだことだった。

例えば、観月が所属する警務部人事第一課は、警視庁本部庁舎の十一階にある。中層階用のエレベータで行くことができる最上階だ。

ストレートに上がるのと各階止まりでは、それだけで到着に十分以上の開きが出た。二十五分は様々なアクシデントも考慮した結果、常に遅刻だけはしない観月なりの目安だった。

十一階には他に、警視総監室や副総監室、総務部長や警務部長の執務室など、錚々《そうそう》たる面々の部屋があった。

なんとも上層部臭の芬々《ふんぷん》たるフロアだが、床面積の多くを占めるのは当然、実務課である人事第一課だ。

そんな中、監察官室は人事第一課の最奥をパーテーションで仕切っただけの空間にひっそりと存在した。

エレベータからはやけに遠い場所だが、嫌われ者の監察官室としては、奥へ奥へと追いやられた結果、かえって遮るもののない明るい場所に出るという僥倖《ぎょうこう》には恵まれた。

この日は朝から、快晴の一日だった。

エレベータを降りた観月は、書棚やキャビネットで薄暗い人事第一課の中を通り抜け、夏の陽が弾けるような明るい職場へと向かった。

空調は効いているが、欲を言えば、こんな日はもう一台欲しいくらいだった。

午後に入ると、おそらくパーテーションの内側は三十度に近くなる。

クールビズは警視庁でも励行しているが、儀礼的にも枚数的にも薄着になるのには、自《おの》ずと限界というものがある。

そのことを上層部が、果たしてどこまで現実的に把握しているものか。

まあ――。

そんなことを考える方が、かえって現実的ではないような気がするから、警視庁は不思議だ。

乱れのない軽やかな靴音を響かせ、観月は監察官室に入った。

何人かの課員が始業の支度をしていた。すでに出掛けようと鞄《かばん》をまとめている者もいた。

監察室員の職域は、警視庁本庁だけでなく、すべての所轄署員にまで及ぶ。遠方まで出掛けることもあり、定時で業務が済まないのは刑事部や組対部の捜査員と同じだ。

監察室ではそんな業務環境にあって、この朝の時間にたいがい在席しているのは、一人だけだった。

誰よりも早く来て誰よりも早く帰る、管理監督官としては模範のような一人だ。

前任の藤田は割合、今思えば全般的に緩かった。

比べれば、まあ相対評価でしかないが、新任者は厳格だ。

着任からもうすぐ二カ月が過ぎようとしていたが、牧瀬や、特に馬場などは、まだどうにも慣れないとぼやく。

それもあって、いや、そんなことを双方向の理由にして、観月は二人をブルー・ボックスに常駐させていた。

「お早うございます」

まず自ら寄って行き、観月は姿勢正しく腰を折った。

「お早う」

歪《ゆが》みのない声、姿勢のいい中肉中背、油をつけて七三に分けた髪、四角い顔、常に厳しい表情。

それが藤田の後任として監察官室首席監察官に任命された、手代木耕次という警視正だった。

杓子定規過ぎると、原理原則がどうしたと、手代木を嫌う者も多いのはたしかだが、意外と観月は気にならなかった。

無表情を以てアイス・クイーンと、自分にも似たようなイメージが定着している自覚があった。

その両者が、全警察官を監察する部署に寄り集まった。

〈同じ穴の狢《むじな》〉

聞こえ来る陰口を要約すれば、そんな話になる。

傷の舐《な》め合いでもシンパシーでもないが、わからないでもない、という感情は少なくない。

それに、手代木以上に厳しい顔というか仏頂面の、染めることをしない白髪が差し色のように入った、匪石《ひせき》と渾名《あだな》される男と相対《あいたい》することも多かった。

要するに、慣れていた。

手代木も同様なのか、観月の無表情を咎《とが》めるでも、特に毛嫌いするでもなかった。

職務の速やかなる履行、以外の無駄な事々一切を排除する鉄壁の態度は、観月にはかえって楽だった。

ちなみに、混乱を避けるため監察官室内では首席監察官、現在なら手代木のことを、ただ監察官と呼び表す。首席と言えば長官官房の首席監察官のことであり、今現在は、白髪が差し色のように入った匪石と渾名される男のことを指した。

観月は手代木の前に立ち、紙袋からなにやらの包み紙を取り出した。

デスクの上に置く、ような振りをして宙に浮かす。

「なんだ？」

手代木が顔を上げた。

「有休を頂きました。これ、田舎のお土産《みやげ》です」

「余計な気は使わなくて結構。皆で分ければいい」

即答だった。

そうだと踏んでいたから、観月はデスク上に置く振りだけで置かなかった。

些細《ささい》な贈答品でさえ受け取らない融通のきかなさは、手代木の有り難いスペックだ。

「では、そうさせていただきます」

観月は背を返し、手代木とは真反対に位置する自席に向かった。

窓辺の、陽光を背に負う光の中だ。脇に小型の冷蔵庫があった。

先程手代木に差し出した分も含め、観月は紙袋の中身を次々に冷蔵庫に移した。

和歌山で入手したのは、総本家駿河屋《するがや》の金の本《ほん》ノ字《じ》饅頭《まんじゆう》、儀平《ぎへい》のうすかわ饅頭、福菱《ふくびし》の柚《ゆず》もなかをそれぞれ五箱ずつ。

基本的にどれもこし餡で、観月はつぶ餡より消化に優しいこし餡が好きだ。いくらでも食べられる。

その他、くいだおれ太郎プリン、青木松風庵《あおきしようふうあん》の月化粧《つきげしよう》、ベビマジのプチリッチカスタードシューは、帰り道のエキマルシェ新大阪で〈爆買い〉してきたものだ。

こし餡は好きだが、特に固執するわけではない。甘い物ならなんでも好きだ。

「うん。これでいいわね」

ある程度を詰め、離れて見る。

四分の一ほどは入らなかったがそれでいい。

残りは配る分と、今から食べる分だ。

「なんか、いい感じにパンパンですね」

と、背後からそんな声が掛かった。

「そう、パンパンね。お早う」

振り返れば、牧瀬班の森島が立っていた。自分の席には時田もいた。共に警部補だが、年齢の関係で四十五歳の時田が主任だ。

森島は大肉中背というか、毎年健康診断では結果に必ず再検の葉書がついてくる。逆に四歳上でも、時田はフットワークも体型も身軽だ。牧瀬班の中では最年長だが、ひと回り以上歳下の牧瀬と同じくらいの歳に見えた。

そろそろ始業定時も近く、観月が統括するもう一班の横内班の横内、現在ブルー・ボックスと行き来の多い牧瀬や行ったきりの馬場に代わり、暫定的に時田と組んでいる久《く》留米《るめ》巡査部長、森島と組む松川《まつかわ》巡査部長もいた。

ちなみに階級は違うが、牧瀬と松川は同い歳の同期だ。

「そろってるわね？」

へぇい、と横内が自分の席から手を上げた。

「五人ね」

観月は紙袋から、ベビマジのプチシューを五袋取り出して配った。それぞれ百グラム見当で、六個から七個は入っている。

「じゃ、聞こうかな」

観月もまず一袋目を開けながら、自分の席に座った。

「ほれはらでいいすか」

プチシューを口に入れた森島が手を上げた。

食べているのは森島と観月だけで、他は皆、持って帰るつもりのようだ。

森島組が内偵を進めているのは、板橋《いたばし》署の組対課に勤務する江川勝典《えがわかつのり》という中年刑事だった。

書類上、各署からブルー・ボックスに送致したことになっている証拠品・押収品の内、主に押収品に限ってリストと現物の照合を始めた結果、浮かび上がってきた男だった。

照合の結果に差があっても、この一年に限りたいがいは目を瞑《つむ》れ、とは警察庁の長島にも何度も言われていた。

――瑕疵《かし》を探すな。離れて、大きな歪みを見ろ。その歪みを、強い力で叩け。それが、監察官だ。

つまらないほどの正論だが、頷《うなず》ける部分もあった。

調べてみれば、なんと三分の二の所轄のリストに〈過大申告〉があったのだ。

紛失、盗難。

理由はどうあれ、現実にない物は署としての責任を問われる前に、この際だ、どさくさ紛れに送ったことにしてしまえ、という判断は、おそらくキャリアに傷をつけたくない署長レベルに特にあっただろう。

そこに目を瞑れと長島は言ったのだ。

まあ、十年も前の押収物の紛失を、来たばかりの署長の責任で問うのもおかしな話だ。

観月もこの辺は目を瞑った。

人は立場で作られる、ものらしい。全部が全部とは納得できないが、現実として観月も、ある程度なら泥水も飲める身体にはなっていた。

その観月をして、看過できないほどの種類と量の紛失が、数署にあった。

板橋署の江川は、そんな内偵の中で真っ先に浮かび上がってきた男だった。

これは本人の迂闊《うかつ》というより、森島の力量だったろう。

そもそも監察官室員には、一つの特徴があった。ほとんどが公安に所属したことのある、いわゆる〈猛者《もさ》〉だった。

監察は、警察の中の警察と言われる。ベテランの刑事連中をも必要とあれば監察に掛けるのだ。

〈海千山千の曲者《くせもの》に当たるに、一騎当千を以て〉、とは監察官室の創立当初からのモットーだ。

森島は、板橋署の〈過大申告〉の、種類の多さに目をつけた。それでまず、横流しだとしても組織ではなく、個人ではと疑った。

ちょうど板橋署の生安課に警察学校時代の同期が、刑事課に公安第一課の頃の同僚がいた。

なんのバーターかは聞かないが、それで江川を突き止めたらしい。

細かい説明は流しながら、観月は次のプチシューを開けた。

「もうすぐ、動きがあるかと思います」

内偵はさらに進展し、外堀は徐々に埋まりつつあるようだった。

「そっ」

耳に留めなければならないのはそれくらいというか、それだけでいい。

部下の自由裁量と、上司の度量はイコールだ。

「引き続きお願い」

「了解です」

「松川君も、森島さんと組むのは滅多にないから、しっかりね」

「わかってます。もう、胸焼けするほど勉強してますから」

「あら？」

そう言えば松川は、呑《の》む一辺倒だったか。

「そうね。そっちも鍛えてもらって。私の部下でいる以上」

うへぇ、と松川が首を竦《すく》めれば、森島がプチシューを口に放り込んで頷いた。

六

「じゃあ、次は主任の方ね」

さらに次の袋を開けながら、視線を森島から時田に移す。

「それが、ですね」

時田は渋い顔で腕を組んだ。久留米は下を向く。

なるほど、進捗状況はあまり芳しくないようだ。わかりやすい。

「何？　プチシュー、一個なら食べる？」

停滞に棹《さお》を差せば時田は膝を叩き、手は出さなかったが頭を下げた。

「すいません」

「別に。謝る必要なんてないわよ。結果を急いでいるわけじゃないし。私は現状が知りたいだけ。――久留米君」

「はっ」

呼べば、項垂《うなだ》れていた久留米の顔が勢いよく上がった。

「下を向かないこと。前だけを見る。いいわね」

久留米は無言で頷いた。

「クヨクヨもイライラも要らないわよ」

ふたたび頷く。

「糖分は足りてる？」

プチシューを出してみる。

これには、やけに毅然《きぜん》として首を横に振った。

「いえ、結構です」

「うわ。そういう反応？」

この辺でようやく、時田の表情が少し緩んだ。

上司が緩めば、部下である久留米も緩むだろう。

それでいい。

そのくらいの機微はわかる。

喜怒哀楽、特にバイアスが掛かった喜と哀は、他人の反応に映して鏡のように見る。

人の中にあって人に倣う、人に学ぶ。

これも、警察庁及び警視庁に奉職してから、観月が身に付けたことだった。

プチシューをもう一袋。

食感と程よい甘さは後を引くが、シュー生地は口の中の水分を持っていく。

飲み物が欲しい所だと思っていると、森島が盆に載せて緑茶を運んできた。

気が利くというか、間違いなく自分が欲しかったのだろう。その証拠に、持ってきた緑茶は観月用の一杯と自分用の、都合二杯だけだった。

「で？」

喉を潤し先を促すと、

「おい」

時田が久留米に声を掛けた。

「了解です。――前回、管理官に指示された辺りは全体に洗っててんですが」

現状の説明は、久留米が始めた。

「特にまだ、一番のポイントだった金の出所がはっきりしません。どうにも現金だけのようでして。警信は当然として、こっちで把握できる金融機関の通帳にも、その辺りの入出金はまったく反映していません」

このとき、時田と久留米が作業に掛かっていたのは、湾岸署の生安に勤務する小松原《こまつばら》という刑事だった。

小松原に目を付けた切っ掛けは、QASの余波だ。

QASに終わりはない。呼び戻し、揺り返し、その大きな流れの中にこれまでもこれからも絡み付き藻《も》掻《が》く輩《やから》が出る。

GW明けから各方面を巻き込んだ二週間に及ぶ〈QAS第一弾〉は、かえってそこからが本番の様相を呈した。

旧沖田《おきた》組系千《ち》尋会《ひろかい》と深川《ふかがわ》署を舞台にした危険ドラッグ、〈ティアドロップ〉の査察から始まった一連は、江東《こうとう》・品川《しながわ》各署も巻き込み、しかし、それだけに留《とど》まらなかった。

――んだよコラッ。俺らだけが悪かよ。

――誰でもやってるじゃねぇか。

――こっちに手ぇ出すくれえならよ、＊＊＊の刑事課の＊＊＊を先にパクれや。

――なあ。もっと悪ぃの教えっからよ。なんとかなんねえか。

十人いれば、十人それぞれの弁明があり、暴露もあった。

その関連で浮かび上がったのが、小松原だった。

これは深川署の〈ティアドロップ〉を仲介し、半グレに横流ししていた新宿署の刑事のリークだ。

「歌舞伎町《かぶきちょう》でよ、ちょくちょく見たぜ。俺の絡んだ半グレの店でよ。表に出ねえ店で派手に呑んでって。へへっ。なんか日本語、間違ってるかい？　ま、ありゃあ、なんかに手ぇ出してるぜ。わかるんだ。なんたって、俺と同じ匂いがプンプンしたからな」

もちろん、全員の全部の話を鵜呑《うの》みにするわけではない。丹念に仕分け、疑義を正し、その中からほんのひと握りの真実を取り出すのが監察の仕事だ。

湾岸署の小松原は、まだ確定ではないが時田と久留米の地道な作業と叩き上げの勘に、大いに引っ掛かる男だった。遊んでいるのも間違いなかった。

それで観月はＧＯを出した。

「ふうん。財源が不明、か」

渋茶でリセットされた口中に、またプチシューを入れる。甘さも食感も、新鮮さがまた舌に蘇《よみがえ》っていた。

「ええ。でも、所轄の生安ですから。ガサのリークとか、売り物はそんなもんでしょう。ただ、流れがどうにも確定できません。それで、トキさんと交代で行確《こうかく》も仕掛けてんですが。そっちでもまだ、特にこれと言った成果は」

久留米は肩を落とした。

「そう。まあ、焦ることはないわ。久留米君、知ってる？」

もう一個、シューを食べて手を叩く。

「やることをやったら、果報はね、寝て待っててもやってくるものよ」

「えっと。——けっこう寝てますが」

「それ、仮眠室ででしょ」

「えっ。あ、はい」

「いい。今日はちゃんと帰ること。帰って、手足を伸ばして眠ること。わかった？」

そんな話をしていると、パーテーションの外が騒がしくなった。

ざわめきは、遠くから寄せる波のような立ち方であることで、それだけで朝のセレモニーであることを教える。

六日振りのセレモニーだ。

「まあ、間違ってもあれは、果報じゃないけど」

そんなことを呟き、紙袋から次のプチシューの袋を出し、開ける。

うわ、と声を上げたのは森島だった。

「何？」

「だって管理官。さすがにそれ、七袋目ですけど」

「えっと」

ひと袋は約百グラム見当で、六個から七個入り。

なら六袋は簡単な計算で、可愛らしいプチシューが約六百グラム、三十六個から四十二個は、まあそんなものか。

朝としては。

「そうね。そろそろ止《や》めとかないと、十時のお八つに響くわね。他にも色々あるし」

まあ、止《と》めはしませんが、と言ったのは横内だ。

「やあやあ。はい、お早うさん」

パーテーションの外から、そんな波のような声が監察官室に入って来た。

直前には、手代木がまず立ち上がった。

入って来たのは髪を油で固め、銀縁眼鏡をかけた優男《やさおとこ》だ。

「お早う。手代木君。今日もいい朝だね」

「お早うございます。参事官」

男は、警務部参事官兼人事一課長の露口《つゆぐち》だった。

観月も立ち、全員が立ち上がる。

「おっ。小田垣、帰ったか」

露口は手で一同の礼に鷹揚《おうよう》に応え、観月の方に寄ってきた。

警務部参事官は警視長だ。

そんな階級の人間が普通に実務者の中をうろつくのは、警視庁広しといえど、おそらくこの警務部の人事一課だけだろう。

「じゃ、始業します」

係長の横内を始め、近くにいた者たちは一斉に、それこそ蜘蛛《くも》の子を散らすようにしてそれぞれの作業に散った。

蜘蛛の子は、雲の上の存在に弱い。

――芥川《あくたがわ》の『蜘蛛の糸』はそこら辺がモチーフっすかね。

などとほざいたのは酔ったときの牧瀬だったが、一瞬、迂闊にも面白いと思ってしまった観月には反論のしようもなかった。

以降、雲の上が寄ってくると蜘蛛の子は散る。

「お早うございます」

デスクの正面に立つ露口に観月は頭を下げた。

「はいよ。お早うさん」

露口は蜘蛛の子たちを気にもせず、観月に応えた。

「で、小田垣。どうだった。お父さんの具合は」

「お陰様で。まあ、最初から命に係わるってほどではありませんでしたし」

「なにが、ほどではない、だ。手術はしたんだろうが。いいか、どんな手術でも、百パーセントの成功など有り得ないのだ。油断は大敵だぞ」

「そうですね。あ、手術は無事成功しました。元気です」

「そうか。それはよかった。だが、安心してばかりもいられないぞ。聞けばお父さんはもう七十で、仕事も勇退の歳らしいじゃないか。お前はいくつになった」

「三十三ですが」

「そうだ。三十三だ。見た目はシュッとしているのに、もういい歳だ」

「はあ」

「早くいい人を見つけてだな」

「はあ」

「そろそろ、お父さんに孫の顔を見せてやらないとだな」

「これ、お土産です」

適当に流し、観月は紙袋から未開封のプチシューを取り出した。

「おお。いつもすまんな」

これが露口という男で、セクハラもパワハラも本人の中では無縁だ。

心配があれば心配を、興味があれば興味を、とにかく思ったことを口にするが、すべては真《ま》っ直《す》ぐな心情だ。

だから、始末に負えない、という側面は今、観月の正面にある。

「美味いのか？　どれ」

露口は受け取ったプチシューの袋をその場で開けた。

この辺も露口の礼儀知らずというかデリカシーのないところだが、もう慣れた。

ついでに言えば、貰った物でも美味ければ美味い、不味《まず》ければ不味いと即答するのも、露口という参事官の醍醐味《だいごみ》だ。

一つを摘《つま》み出し、露口は無造作に口に入れた。

「硬めのシューか。――うん。美味い」

「そうですか。よかった。買ってきた甲斐《かい》がありました。あ、こっちもどうぞ」

食べかけの分の袋も露口に押し付ける。

「では私は」

観月は土産を全部入れてきた方の大きな紙袋を手にした。思いっきり軽かった。

当たり前と言えば当たり前で、中身はと言えば、こし餡の饅頭がひと箱だけだった。

「おや、小田垣、どこへ行く」

露口の問いを受け、観月は長い腕を伸ばした。

指し示すのは、中央合同庁舎二号館の方向だった。

「二十階に呼ばれました」

「ん？　ああ、またか。歳頃、を過ぎた女の子に、いいように仕事を振るとは。男女雇用機会均等が根底だとはいえ、この働き方改革の昨今、まったく、首席監察官にも困ったものだ」

露口は言葉を溜息に混ぜながら、プチシューをもう一つ苦々しそうに齧《かじ》った。

第二章

一

軽すぎてかえってバランスのとれない大きな紙袋を下げ、観月は警視庁を後にした。

露口の口にした首席監察官は当然、警察庁長官官房・長島敏郎首席監察官のことだ。

そもそも先週、長島から掛かってきた電話でアポイントは取られていた。

——わかっている。今は和歌山の実家らしいな。だから今日とも明日とも言わない。週明けでいい。顔を出せ。月曜の朝、十時までなら間違いがない。

若宮八幡神社の境内《けいだい》に萌《も》え立つ、陽炎《かげろう》の中だった。

受話器の向こうで長島は、鉄鈴を振るような声でそう告げた。

特に逆らいもせず、諾々として受けた。長島の問答無用にして勝手な呼び出しは、今に始まったことではないからだ。

警察庁が入る中央合同庁舎二号館は、警視庁のすぐ隣にあった。位置的には〈裏鬼門〉に当たる。

ただしこの考え方は、警視庁から見れば警察庁が〈裏鬼門〉というだけで、警察庁側からすれば警視庁本部庁舎が〈鬼門〉、ということになる。

観月は鬼門から裏鬼門へ、紙袋をガサゴソと鳴らしながら向かった。

すでに外は三十度を超えた、猛暑の一日だった。

合同庁舎に入り、そのまま真っ直ぐエレベータに乗る。

向かう二十階は観月にとって、勝手知ったるフロアだった。

同フロアに存在する警察庁警備局警備企画課は、キャリアの若手有望株が一度は勤務する部署で、観月もかつて入庁当初に勤務していた。

警察庁のデータベースに触り、小日向純也に対する認識が少し改まったのはこの時期だった。

明記されているわけではなく曖昧なものでしかなかったが、純也にはどうにも、世界的最重要警戒人物、ダニエル・ガロアの影がついて回っているようだった。

リー・ジェインと言う名前を認知したのもこの時代だ。磯部桃李と同一とまでは知らなかったが、ダニエル・ガロアの関連として記憶した。

「さて、と」

首席監察官室の前で、観月は一度立ち止まった。

〈痩せても枯れても〉いないのが憎らしくはあるが、相手は上司のさらに上司格の、警視監首席監察官だ。一応、儀礼的に身嗜《みだしな》みはチェックする。

黒のパンツスーツ、いつも通り。ソリッドカラーのスリム・タイ、いつも通り。焦げ茶のパンプスは、ローテーション通り。

(チェック、OK)

パンツの膝上辺りに、なぜかプチシューのカスタードクリームがこびり付いていたが、これは無視する。下手に拭おうとしても塗り込めるだけだろう。

なら、足早に進んで執務デスクに寄ればいい。それでノー・プロブレムだ。

デスクに遮られ、長島の視界からは外れる。

おもむろに扉を二度、ノックする。

「警視庁の小田垣です」

「入れ」

打てば響くとはこのことだが、硬い声がした。少し高く、それでかえって響きの良さを感じさせる声だった。

「失礼します」

窓辺を背にしたデスクの位置は観月と同じようなものだが、陽《ひ》の入り方が違った。

首席監察官室はそもそも、西陽をまともに背に受ける場所だった。午前の陽光は、おおむね奥の壁で反射した。

長島は老眼鏡の顔を下向け、執務デスクでなにかのファイルに目を通しているようだった。

「お呼びでしたので参りました。遠く和歌山から」

わざと靴音高く観月は寄った。

リズミカルな響きで足早に、執務デスクまでわずか三十センチ。

長島がファイルから顔を上げ、老眼鏡を外した。

目を細め、眉間に皺《しわ》を寄せる。

「近いな」

「そうですか？　気のせいでは」

目論見《もくろみ》通りなので、取り敢《あ》えずそれ以上突っ込まない。

「お早うございます」

頭を下げる。

それで会話の流れはリセットだが、たしかに距離としては近かったか。

長島のトレードマークともいえる、右側頭部の染めない白髪のひと叢《むら》が、少し増えているようにはっきり見えた。

「お早う。で、どうだった。遠い和歌山のお父上は」

「どうもこうもありません。観光のようなものです」

「観光か。俺が親なら、親孝行の一環とな、せめて口だけでも言ってもらいたいものだが」

「どちらにも大して変わりはありません。行き着く果ては、これになります」

観月は紙袋から、総本家駿河屋の金の本ノ字饅頭《まんじゆう》ひと箱を取り出した。

「お土産です。和歌山銘菓、本ノ字饅頭の新製品です」

デスク上に置く。浮かしはしない。

長島は厳格だが、手代木とは違うからだ。

「ふむ」

置かれた上質な、総本家駿河屋の包み箱を長島は手に取った。矯《た》めつ眇《すが》めつする。

少なくとも危険物などは入っていないはずだが、隼《はやぶさ》を思わせると称される長島の眼光は常に爛々《らんらん》として鋭い。

暫時の後、長島はデスクの引き出しを開けた。

「せっかくだから頂こうか。すまんな」

言いながら金の本ノ字饅頭を仕舞う。

まあ、貰《もら》った傍《そば》から目の前で開けるのもどうかと思うが、どうせなら露口のように、取り敢えずホイホイ受け取って貰える方が気持ちはいい。

が、

「いえ。お口に合えば」

と、こんな〈心にもない会話〉も、警察庁及び警視庁に奉職してから覚えた詐術の一つだ。

「で、今般のお呼び出しはなんでしょう。またいつものように、何かの丸投げの話でしょうか」

「遠回りしないならその通りだ」

「なるほど。内容も、今と同じくらいストレートなら有り難いですが」

「そう突っ掛かるな。いや、突っ掛かっている気はないのかもしれんが」

「すいません。いつもつっけんどんで。ただ、今は突っ掛かってますので、その点はご心配なく」

「なら、なおさらだ。突っ掛かるな。それに、丸投げは全幅の信頼とイコールだと以前言ったはずだが」

と、言われても言葉だけでは鵜呑《うの》みには出来ない。

C４爆薬と北の工作員・姜成沢《カンソンテク》の一件では結果、長島は純也と組み、警視庁の皆川公《みながわ》安部長や勝呂刑事総務課長に貸しを押し付け、口にはしないが姜成沢にさえバーターを仕掛けた。観月はその先兵にされた格好だ。

他にも長島は、観月の与《あずか》り知らないところで、純也と組んで色々やっている。

ただし、〈与り知らない〉というだけで、〈知らない〉わけではない。

これでも観月にも、魔女やら妖怪やらという独自の情報ソースはある。

「まあ、色々あるが、今回は特にな、曲がったことも疚《やま》しいことも何もない。正々堂々としたものだ」

長島は口の端を苦笑いに歪《ゆが》めつつ、デスク上のファイルを観月の方に押した。

〈視察・研修依頼書〉

そう大書されたA4の表紙が、他の何枚かと一緒に収められていた。

取り敢えず表紙には最下部に、大阪府警察本部とあり、少し離して、斜めに近畿管区警察局の印があった。

正式に手順を踏んで上がってきた依頼書、ということだろう。なるほど、ここまでは見る限り、長島が言うように疚しさは窺《うかが》えなかった。

「これが何か?」

「見ての通り、申請があったのだ。大阪からな。目的はお前のカテゴリー、クイーンの城だ」

長島が手でファイルを促してきた。

「ああ。ブルー・ボックスですか？」

「そうだ」

「拝見します」

観月はファイルをパラパラとめくった。お役所的な簡潔さだけが目立つ文章など、それで十分だった。

穴もない代わりに、内容もない。

来月のおそらく下旬、視察・研修という名目で二人ほど送りたい旨と、人員については現在調整中なので決まり次第連絡するということだけが書かれていた。

「要するに、まだ何一つ決まっていないけれど、唾だけはつけておくからそのときになったら頼む、というような、まあ省庁にはよくある書き方ですね」

その通りだが、と長島は薄く笑った。

「ブルー・ボックスは警視庁のためだけでなく、全捜査機関に先駆けた本格的外部収蔵庫だ。今回の大阪府警の視察・研修は、初めにして始まりになるだろう。今後、こういった依頼申請は各県警からもあることだ。いちいち目くじらを立てていては身が保《も》たんぞ」

「おやおや。まさか私の身を心配して下さってます？」

「している。なんといっても、お前はブルー・ボックスというシステムのハブだからな。

現状、お前無しには機能し得ないとは理解している」

真っ直ぐに長島は見てきた。

足りない感情を人の中にあって人に倣い、人に学ぶことは身に付けた、はずだが、匪《ひ》石《せき》と呼ばれる長島のような人間を前にすると読みはいたって曖昧になる。

「それってもしかして、褒めてます？」

「貶《けな》してはいないがな。褒めているのだろうか。ハブが必要なこと自体は、さて強みか弱みか」

「いつまでも私が存在するわけでもありませんが」

「お前が存在するうちに考えよう」

「よくわかりませんが」

「そうか？　まあ省庁には、よくある言い方だが」

「了解しました。では」

一礼し、一歩引きながら背を返す。

「小田垣」

長島から声が掛かった。振り返る。

「なんでしょう」

「手代木さんとは、上手くやれているか」

「問題ありません。お土産代も掛かりませんし」

「――よくわからないが」

「わからなくて結構です。省庁にはあまりない、みみっちい考え方ですから」

ふたたび一礼し、踵《きびす》を返す。

すると、

「ああ、小田垣」

とまた声が掛かった。仕方なく振り返る。

「なんでしょう。一回にまとめていただけると助かりますが」

「ズボンの膝辺りにな、クリームがついてるぞ」

「あっ」

「クリーニングは、早い方がいい」

老眼鏡を掛けた長島は机上の書類に目を向け、もう顔を上げることはなかった。

二

警視庁の小田垣が帰った直後だった。長島の携帯が振動した。

登録外のナンバーだったが、そんな番号から掛かってくるタイミングを考えれば、誰からかは明らかだった。
小田垣が退室して、まだ三分と経《た》っていない。
ならば、警視庁公安部、小日向純也ということだろう。
「また替えたのか」
そう、外枠を撫《な》でるように聞いてみた。
たとえ違っていてもどうとでもなる入り方だったが、
――業務の内です。ご登録ください。
凛《りん》として伸びのある声は、やはり小日向で間違いなかった。
――小田垣、帰りましたか。
「早いな」
――ははっ。僕は地獄の耳と、天国の目を持ってますので。
直前までデスクの前に立っていた小田垣と違い、豊かな感情の表れた声だった。
面と向かえばおそらく、チェシャ猫めいた笑みを浮かべているとわかる。
ただし、そのままに聞くわけにはいかない。
小日向の感情は、心底に潜む闇の上澄みだ。
下手に触れれば、深く切られる。
「地獄耳、か。ときどき、徹底的に調べているはずだが」

――盗聴の類ではありませんよ。種を明かせばそちらのフロアに、頼んでおいたことを二分で実行してくれる暇人がおりまして。

「なるほど」

――で、首尾はいかがでしょう。

「いかがもなにもない。真っ当に業務の話だからな」

――上々です。

電話の向こうで、小日向は実に満足げだった。

なんとも手の上で踊らされたようで釈然としない気もするが、大局を見ろ、瑕疵《かし》を探すな、それが監察官だと、少し前に小田垣にも言った。

すでに現場を離れた自分に出来ることなど、今も現場に携わる者たちの助けたるべく、流れに棹《さお》を差してやることくらいかもしれない。

今回の件のそもそもの発端は、十日ほど前のことだった。

――近々、大阪府警から警視庁への視察・研修の依頼が上がるようです。正式なものですので、ルートとしては近畿管区警察局からそちらの刑事局の企画課辺りになるはずですが、それを首席の方で引っ張って落としてもらえませんか。

そんな依頼が小日向からあった。

断ることは出来なかった。

いや、断るつもりで開いた口に息を吸うタイミングで、

——ことは首席肝煎りの、ブルー・ボックスに関わりますので。

とまで言われれば、否の言葉は吐けなかった。

「どういうことだ？」

——リー・ジェイン。奴が大阪に上陸したようです。

「なんだ？」

——目的はわかりませんが、元兵庫県警本部長の木村義之《きむらよしゆき》に会ったようで、これはその後の流れです。

「木村だと」

長島は一瞬、息を飲んだ。

木村は長島が警視庁の公安部長に昇任したときの前任者であり、兵庫県警本部長で上がりになった男だ。

そして、北の姜成沢一派が運営する愛人斡旋《あっせん》組織〈カフェ〉の客だった。

このことを突き止めたのは小日向のJ分室だが、その扱いは小日向から長島に一任されたというか、下げ渡された。

他にも政財界の大物が何人かいたが、長島は木村には特に、〈圧力〉も〈協力〉も考えなかった。退職以降の存在感も影響力も、大してあるとは思えなかったからだ。

名前自体、聞くのは久し振りだ。

「盗聴でもしたのか？」

――あれ？　お聞き逃しですか。流れ、と言いましたが。リーが木村と会ったということと、府警からの依頼は別々のスジからの情報です。統合すれば間違いはないというだけの話で。

「どういうことだ」

――リーに盗聴は無謀でしょう。それに万が一見つかったら、きっと法外な損害賠償を請求されますから」

「損害賠償？」

――ええ。リーが動くところにあるのは、必ずビジネスです。

「馬鹿な」

――馬鹿でもしてきますよ。たとえ相手が警察でも、あるいは国家でも。

小日向の声が、一段冷えた気がした。

「断ったら」

――戦争でしょうね。

もう一段冷えれば、引き摺《ず》り込まれる感覚の先にあるのは真闇《まやみ》という、真実だろう。

「なるほど」

聞くしかなかった。

――リーと会った後、木村が電話をしたのは府警本部長でした。例の集中保管庫の話、進めてもいい時期になったんじゃないかと、そんな始まりだったようです。

「優秀なスジだな」

――まあ、本部長クラスのキャリアは防衛感覚がゼロですから。

なるほど、盗聴を仕掛けたのは府警本部長の方か。

一体どこの誰の何まで、この男は知っているのだろう。

――で、情報です。首席は、木村の天下り先をご存じですか。

「たしか交通協会かなにか」

――そこは去年の前半で辞めました。今は、ですね。

続けて小日向が口にしたのは、聞き覚えのない会社だった。

――ＩＲコンサルティング会社ですね。ラスベガス・サンズやメルコリゾーツと関係があるようです。

「ほう。ＩＲか。今どきだな」

ＩＲ、統合型リゾートのことだ。

――ここから推測ですが、百パーセントだと思って聞いていただいて結構です。

大阪府はもともと、作るには作ったが、大阪湾における人工島の活用に苦慮していた。

打開策としてまず平成二十六年に、夢洲《ゆめしま》を中心とするベイエリアにおけるＩＲ誘致に名乗りを上げ、二十八年には万博招致の地を夢洲に決定し、ベイエリアの有効活用を掲げ、ＩＲと万博を一体構想という名の有耶無耶《うやむや》の中に巻き込んだ。

そうして今年には、咲洲《さきしま》の建築基準が大幅に緩和された。バブル期のテクノポート大阪計画の、いわゆる負の遺産である人工島は、今や〈利権〉渦巻く〈金鉱〉へと変貌を遂げようとしていた。

それもあって、木村に言われるまでもなく府警本部としても、この人工島に組織として唾をつけておくに越したことはないと判断したらしい。

〈警視庁のブルー・ボックスのような、収蔵保管庫を人工島へ〉

大阪府警も警察庁による二十五年の、証拠品や押収品の外部委託管理の検討以来、模索は繰り返していた。〈ハコ〉そのものを建築購入かリースにするかで後手後手に回った感はある。

そんな理由で警視庁に遅れはしたが、遅れたことによって、かえって現物としてのブルー・ボックスを先例に取り、大阪府との交渉がしやすくなったようだ。収蔵保管庫という名の国家警察の基地を、人工島に配するのは府としても大いに考える余地があるところだったろう。

——まあ、こういう気宇《きう》壮大《そうだい》な話は、煙に巻こうと思えば五里霧どころか、千里霧の中にでも落とし込めますが。

　特に長島は答えなかった。

　自分でも百里霧くらいの弁は立つか。

　小日向なら、本当に千里霧でもやるだろう。

　木村はこの辺の事々に絡むため、まず手始めに息子をブルー・ボックスの視察・研修に推薦したらしい。

　木村の息子、勝也《かつや》はこの春から大阪府警に所属し、現在の立場は、公安委員会事務担当室長だった。

——利権が好きな委員は、結構いそうですよね。室長はそんな委員に近く、当然、委員会に付託されてますから、風俗営業の許認可にも近い。しかもこの勝也は、大学の建築学科の卒業です。

「ほう」

——上手く立ち回れば木村の会社は、大阪府警を後ろ盾にして土地の調査から取得、開発まで、つまり、人工島の利権に橋頭堡《きょうとうほ》を築くことができます。そこまでのことを考えて、ですね。

　春の人事異動に木村が口を挟んだかもしれません、と小日向は続けた。

——息子とはいえ、室長なら警部職程度の人事です。元々木村は関西人のようですし、元兵庫県警本部長の肩書も有効だ。そのくらいなら問題ないでしょう。まあ、木村がというより、こういう遠回しで根回し的な手法は、リーかもしれませんが。

「リー、か」

――大言壮語にして石橋を叩く。リー・ジェインはそういう男です。

「だとしても、今のところ特に目立った違法性はないが」

――ええ。けれど、リーが絡んでいます。何がどうとは私にもまだ見えませんが、ただ、リーは少々のビジネスで動く男ではありません。

「IRビジネスは少々か？」

――わかりません。少々か大層か、本人がどこまで動くか。この辺の匙加減《さじかげん》は関わり方に因《よ》るでしょう。なのでここは。

「ブルー・ボックスか」

――はい。そもそも小田垣とリーには浅からぬ因縁があると、これは以前、お話ししましたよね。

「聞いた。全部かどうかは知らないが」

――困ったな。あれで全部です。

小日向はどうやら、笑ったようだった。

「それで俺から監察官室に落とし、一点集中で小田垣に集める。いや、集めろと」

――そういうことになります。刑事局から警視庁の刑事部へでは、動きをトレースし切れませんし、下手をすれば警視庁内部で、向こうから来た人員を真剣にブルー・ボックスに関わらせない可能性もあります。あれは警視庁の宝だと主張する輩《やから》はいい方で、もともと府警を毛嫌いする向きも古い方々に多いので。

「ふん。違うと言い切れないところが癪《しゃく》ではあるが」

――有り難うございます。お引き受け頂けたと解釈します。

「仕方あるまい。それで、リー・ジェインは確実に動くのか？」

――動かなかった場合、では、と考えるところに公安的思考が働きます。木村の思惑と連動しなかった場合、リーの目的が潜むのは、さて、奈辺《なへん》か。

「わからないか。さすがのお前でも」

――ええ。まあ、リーだけに限らず、いえリーが絡んだからこそ、ちょっとした案件はバーターで動かせそうですが。

「なんだそれは」

――いえ、これは大した話ではありません。オマケです。お忘れください。

「怪しいものだ。俺はいいが、その怪しさにまた巻き込むのか。後輩まで」

――ブルー・ボックスは小田垣の城です。リーにどんな思惑があるか、ないか。例えばあったとして、どう対処するか。小田垣なら任せられるでしょう。あのアイス・クイーンなら、かえって面白いかもしれません。違いますか。

違わない、と長島は即答した。

「それにしても、対お前用の飛び道具のつもりで仕入れたが、結局お前に使われることになるとはな」

皮肉、のつもりだったが、ははっ、と小日向は声にして笑った。

――使えればどんなに楽か。いや、使ったつもりで出し抜かれるか。首席はまだ、あれのことを見縊《みくび》っていませんか。あれの能力は、ただ覚え込むだけではないですよ。

「なんだ？」

溜《た》め込んだ途方もない量の情報を正しく引き出し分析する力、と小日向は断言した。

――強くしなやかな、思考力です。感情が表情から窺えないだけで、あいつは他人の分も含め、膨大な感情を〈記憶〉しています。案外あいつは、誰よりも情感が豊かかもしれません。それは思考を下支える、莫大《ばくだい》なエネルギーでしょう。

「情感が力、か。そうだな。いずれ、見たいものだ。そんな笑顔を。――ただ」

――なんでしょう？

「いや」

長島は言い淀《よど》んだ。

小田垣に対する深い理解を、お前の口から聞くとはな。

とは、たかが先輩に負ける上司として、絶対に口には出来なかった。

三

金曜の夜だった。

「なんだってまあ、政財界ってやつは下々を無視して、こういう余計なもん始めてくれちゃってんですかね」

時田の隣で、久留米がそんなことをぼやいた。

「ああ。まったくだな」

同調しつつ、時田は買ったばかりのペットボトルを開け、冷たいお茶を喉に流した。

時田は久留米と、新宿歌舞伎町の東宝ビルの角にいた。

雑踏を避けるように、壁際に下がって寄って立つ。

それにしても、やけに蒸し暑い夜だった。雑踏の〈濃度〉が、湿気のように立ち上がって暑苦しさを助長した。

世は、プレミアムフライデーだった。

政府・経団連提唱による個人消費喚起キャンペーンだ。

毎月最終金曜日を午後三時終業にしよう、というやつで、この年の二月最終金曜から始まった。

いかに働き方改革の一環とはいえ机上にも載せられないので警視庁は黙殺だが、大手企業は一応、嫌々でも提唱に沿う形だ。

それも六夜目にしてすでに、世の中全体としては有名無実になり加減ではあったが、新宿・六本木界隈《かいわい》を遊び場にするフリーターやビジネスマンには、まだ外に出る口実として有効のようだった。

「早く落ち着いてくれませんかね。こう人が多いと。いや、多過ぎるとね」

久留米も、通りにさりげなく視線を送りながら、ペットボトルのキャップを開けた。

「やりづらいってのか。大して変わらないだろ。僻《ひが》みだよ、僻み。貧乏暇無しのな」

「俺、貧乏じゃないっすよ。使う暇が無さ過ぎるだけですけど」

「貧乏暇無しってのはよ、今の世の中じゃあ、そういうのを言うんだ」

「なんです?」

「金の有る無しじゃない。暇が無いのが、貧乏なんだろうよ」

「なるほど。至言ですね」

「実感だよ」

時田も、軽口は利きながら通り向こうのビルから目を離すことはなかった。

久留米のぼやきにも、あれやこれや言いながらも作業をおろそかにしないから付き合っている。

馬場より一歳年上の三十歳とまだ若いが、久留米は身体つきから捜査の技術から、前職の外事で相当鍛えられていた。

時田と久留米がプレミアムフライデーの歌舞伎町に立つのは、現在進行中の案件のためだった。湾岸署生活安全課主任の、小松原の行確《こうかく》だ。

生活安全課はその昔、単に防犯課と呼ばれた。その名の示す通り、犯罪を未然に防ぐことを主たる目的とする部署だった。つまり、〈取締り〉重視だ。賭博から風俗営業、買春、児童ポルノ、保健衛生までと監視監督範囲は広い。

どうやら小松原は、それらのガサ入れの日時を金蔓《かねづる》にしているようだった。そこまでは容易に想像できた。

そういった情報は、犯罪に手を染める者たちにとってはたしかにお宝だったろう。ましてや湾岸署が管轄する、お台場・海浜公園周辺には生安関連の〈業者〉が多い。

現状、監察対象者である小松原について調べられることはすべて調べた。

小松原の自宅は東陽町《とうようちょう》にある、２ＤＫの公営住宅だった。妻一人子一人ということも身上書で把握していた。まず、自宅とその周辺は念入りに調べた。

どうやら、小松原の夫婦関係が破綻しているということは最初にわかった。

行確も始めて二週間になるが、自宅には着替えに戻る程度で、小松原は新宿にあるビジネスホテルを定宿にして寝泊まりを繰り返していた。

その間も、三日に一度はチェックイン後に決まって歌舞伎町のいつものキャバクラで呑《の》み、閉店後はホテルの部屋にデリヘル嬢を呼ぶのがお決まりのコースだった。いい気なものだ。

この夜も現在、小松原は歌舞伎町のキャバクラで呑んでいた。東宝ビルの角からエントランスが窺えるビルの五階の店だ。

このままいつも通り閉店まで呑んでホテルへ向かい、ナンバーも暗記したデリヘルのワンボックスが来れば、この夜の行確も終了だった。

なんの成果も得られず無駄に夜が更け、それがプレミアムフライデーかと思えば、久留米ではないが、さすがに時田も愚痴の一つくらいは言いたくなる。

小松原の金回りは、見る限りだけでも良過ぎるほどに良かった。

所轄の主任程度で回せるものでは到底なかった。

実家も近親者も遠戚も、調べられる限り周囲周辺も調べたが、特筆すべきリッチマンは皆無だった。かえって破産者が数人見つかった。

本人だけでなく家族の携帯や、定石として自宅の固定電話の通話記録も当然すべて取り寄せて調べたが、怪しむべき取引や人物に繋がりそうなものは皆無だった。

ただし、これも単なる勘頼りの感想ではない。

逆に勘に従って、少しでも不審があれば些細なことでも調べ上げた。

その結果が、皆無だったのだ。

どんな情報をどうやって、どんなタイミングで売り買いするのか。

徹底的にネットもケーブルも介さない遣《や》り方は、ある意味見事だった。

道重《みちしげ》警務部長から方面本部を通し、遠回しにダミーの売春取締りや違法賭博取締りの情報を何度か湾岸署に流したが、小松原を始め、反応を見せる者は誰もいなかった。

観月には励まされたが、この案件の出口は見えなかった。

そもそも、入口さえ見えているのか。

「果報は寝て待て、か」

呟いたそのとき、時田の携帯がポケットの中で振動した。

「おっ」

考えていた当の本人からだった。

「お疲れ様です」

——今、いい？

と言ったようだったが、全体に少し聞こえづらかった。

「えっ。ああ、問題ないです。どうぞ」

こちらの雑踏同様、電話の向こうもずいぶん騒々しいようだった。

聞こえづらいのは、その相乗効果と言うやつか。

ただ、その賑やかさの中には、最近聞き知った声も聞こえた。

——ああ、穂乃果《ほのか》っ。手前ぇ、私の山盛りポテト、盗《と》るんじゃないよっ。

怒鳴り声だったが、その方がかえって男前な口調といい、馴染《なじ》みがあった。

ブルー・ボックスの工事で、裏ゲートの現場事務所からよく響く声だ。

アップタウン警備保障の、早川真紀《はやかわまき》で間違いないだろう。

あの、そろそろお時間ですが、と掛ける弱々しい、いや、品のいい、おそらく店員の声も聞こえた。

——えぇ。いいじゃない。多分さ、他の座敷の三倍は呑むわよぉ。

誰だろう。厚労省の大島《おおしま》かビル会社の宝生《ほうしょう》、敏腕記者と噂《うわさ》の杉下《すぎした》、さて。

——そう言われましても。

——じゃ、四倍。この辺で手ぇ打ってよ。五倍は、呑んだらさすがに吐くかもよぉ。

いや、こういうのを聞くと誰でもいいというか近寄りたくもないが、ということは、
例の呑み会ということか。

なんだったろう。

牧瀬が言っていた。

アップタウンの早川がいるということは、東大Jファン倶楽部なるものの行き遅れ、

いや、生き残り。

たしか、魔女の寄合だったか。

——主任は行確中？

「えっ」

観月の声で現実に引き戻される。

「はい」

——じゃ、手短に話すわね。

「どうぞ」

——麻取《マトリ》が引っ掛けた取引にね、ボリス・ブラドフっていう、ロシア人留学生の名前が出てたんだって。特に取引に絡んだっていう証拠はないみたいだけど。

「はあ。ボリス・ブラドフですか」

耳では聞くが、集中は出来なかった。観月の背後で、山盛りポテトと甘鯛《あまだい》が争奪戦を繰り返していた。

——知ってる？　ボリス・ブラドフ。

どうにも、新しいロシア料理の名前にしか聞こえない。

「すいません」

——謝ることじゃないけど。で、この留学生ね。

〈ベルベル〉に近いらしいわよ、と観月は言った。

「えっ」

いきなり、時田の中に鉄の芯が入る感じだった。

――なんでもね、その店に彼女がいるんだって。

そこまで来れば話はわかるが、一瞬返答が止まった。

わかるが、逆にまるでわからなかったからだ。

――主任。聞いてる？

時田は息を吐いた。

吐く中で聞いてみた。

「あの。つかぬ事をお聞きしますが」

「何？」

「管理官は、なんでベルベルのことを知ってんです？」

つまり、そういうことだ。

――あ、やっぱりベルベルなんだ。

「そうです、けど」

――特にベルベルは知らなかった。ただ、両隣りにビル持ってる絡みを知ってただけ。

「――ああ」

時田は前方のビルに据え当てた視線を五階に振り上げた。

そこがまさにベルベルの場所で、今現在小松原が呑む店だった。

左右のそれぞれ、倍ほどもあるテナントビルに目を移す。

〈歌舞伎町ワン〉と〈歌舞伎町スリー〉。

さすがにそちらまで意識はいかなかったが、そうか、宝生信一郎《しんいちろう》の持ちビルだったのか。

いや、それにしても――。

「あの、まだ先が見えませんが」

――あら、主任にしては視野が狭くなってるんじゃない？　また睡眠不足？

「あ、いえ」

図星、ではある。

――ねえ、主任。そうなるとベルベルって、なんか怪しくない？

「怪しい」

――クスリ絡みで。

「クスリ？　あ」

時田も叩き上げの刑事だ。閃《ひらめ》くものはあった。

なるほど、そういうことか。

たしかに、小松原のことをリークしてきた新宿署の刑事も危険ドラッグの仲介人だった。

生安の刑事ということで、財源を情報の売買に偏重し過ぎてしまったかもしれない。

「ベルベルが売りか、買いですか」

——かもね。ボリス・ブラドフと彼女だけかもしれないけど。

「間に小松原が挟まっているとするなら、現金掛け値なし商売もありですか」

——予断は禁物だけど。

ボリス・ブラドフとその彼女、小松原がベルベルで呑む意味、いや、ベルベルそのものの意味。

なるほど、いい情報だった。

——役に立つかしらね。

「十分です」

——あ、そう。じゃあ、よかった。後はよろしく。

それで、観月との通話は終了だった。

携帯を仕舞い、

「なんかよ。寝る前に果報が来たわ」

時田は久留米の肩を叩いた。

「ああ。やっぱり凄いな。あの人のルートは。ただ甘い物食って酒呑んでるだけじゃねえや」

「管理官っすか」

もう一度、時田はベルベルを見上げた。

「今日は帰って寝るぜ。寝て明日から、追い込むぞ」

「うおっす」

二人でペットボトルの残りを飲み干す。

温《ぬる》くなったお茶だが、プレミアムフライデーに格別の一杯だった。

四

この夜、観月たちが寄合を開いているのは神楽坂仲通り《かぐらざかなか》の料亭だった。神楽坂通りから大久保《おおくぼ》通りへと抜ける辺りだ。

その昔は神楽坂花柳界の華やぎと共に、格式と伝統を誇り、一見《いちげん》お断りが当たり前の店々が軒をひっそりと連ねたのが仲通りだ。

もちろん今でも政財界人が通うような昔ながらの料亭もあるが、そんな神楽坂にも時代の波は寄せる。

フレンチやイタリアン、カラオケの店舗なども伝統と格式の軒先を割るように出店し、通りの彩りは実に国際色と現代色が豊かだった。

そんな通りの中でも、観月たちがいるのは一、二を争う伝統の料亭だった。

ただし、生き残りを賭け、格式の敷居はだいぶ下げたようだ。そうでなければ、四倍呑むからいさせろ、などとくだを巻いても取り合ってはくれないだろう。

その前に、いかな大島楓《かえで》でもそんなくだは巻かない、と観月はなんとなく思った。

この日の寄合は、一人として欠けることなくいつものメンバーだった。

東大Jファン倶楽部OG会の五人組、クインテット《Quintette》ということになっている。

この会名の〈J〉とは小日向純也のJであり、純也が東大在籍中にしか存在しなかった倶楽部で、観月はなぜか色々な意味でその中心だった。

――ファウックシュン！　でぁっ。

そんな料亭の趣ある座敷から、さても似つかわしくない豪快なくしゃみが外にまで響いた。

会の主催者にして年長者、大島楓の粗相だが、特にもう誰も反応しない。

くしゃみは寄合が始まってからずっとなので、それぞれが注文した料理はそれぞれの箱膳の上で管理している。それで向き合わせになった膳部の上で、山盛りポテトと甘鯛の細川焼が盗った盗られたの浅ましさを発現した。

最初は、

――ちょっと楓。まだ収まらないの？

と、宝生聡子《さとこ》が文句を言った。

――収まらないって、何がだよ。

楓は厚労省のキャリア女子だが、だからというか、なのにというか、とにかくがさつだった。

――花粉症に決まってるでしょ。

聡子は楓と同じ三十七歳で、父親は東京の繁華街にビルを二十棟も持つビルオーナーだ。

――わははっ。お生憎様《あいにくさま》。イネ科も駄目らしいわ。オオアワガエリとか。昨日わかったんで、クスリが効いてない。

――もう。最初に全部調べなさいよ。畳とかに口の中の物を散らさないでよね。

そう言いたくもなるだろう。

この料亭の予約を取ったのは聡子だ。

格式の敷居は下げても、そもそも予約自体は取りづらい。取れたのは、聡子が料亭の息子と見合いをしたからだ。

要するに予約はネットや電話ではなく、直ということになる。

――あれだろ、聡子。お前の興味はさ。相手そのものってより、どうせまた釣書《つりがき》だろ。釣書の土地。

――そうよ。悪い？　わかってるなら気を付けて。

――だぁいじょうぶ。今日は昼飯が遅かったし、たらふく食ったから、ここではあんまり食わないで呑む。それだけ。

と言った傍からビールを呷《あお》り、

――ファウックシュン！　でぁっ。

となって、数寄屋造りの座敷の中にビールの虹を掛けた。

以降、寄合は眉を吊り上げた聡子の監視の中で進み、そんなピリピリムードが和らぎ始めたのは宴席も終盤に差し掛かった頃だった。

二升強の冷酒で聡子の眉尻が下がり始めた頃で、

――あのさ、お子様歓迎メニューのフライドポテト、あれを〈山〉でもらえないかな。〈山〉でさ。

などと、観月と同期の早川真紀がお子様らしからぬ注文をして、品のいい仲居さんを唸《うな》らせた頃だ。

ちなみに、杉下穂乃果がその強引にして豪腕を記事の取材以外にも発揮し、最上級のコース中にしかない甘鯛の細川焼を別品で受けさせたのは、この直後だった。

「そういえばさ。観月」

楓が、手のビールグラスを弄《もてあそ》びながら言った。

もう、誰が何をどれくらい呑んだかは定かではなかった。

特に楓はビールだと際限がなく、この日はビールしか呑んでいないので量は計り知れない。といって、酩酊《めいてい》するわけでもない。ときに泣き上戸となって叫ぶように泣くが。

「なんでしょう」

聞いた観月はこのとき、ちょうど三本目の赤ワインを呑み終えたところで、文旦ゼリーとマンゴームースは交互に四セット目だった。

「さっきお前が言ってた新宿だけどね。そういえば、うちの絡みが引っ掛けた小っちゃな取引があってね。ロシア系の。そいつらが根城にするのが、新宿だったな」

楓は厚労省キャリアだが、所属は医薬・生活衛生局の監視指導・麻薬対策課だ。業務としては警察に近く、同省の地方厚生局麻薬取締部、通称麻取とも関係が近かった。

こういう相互の情報交換も、観月だけでなく、クインテットの醍醐味《だいごみ》の一つだ。

「何？　楓、ロシア系？」

反応したのは聡子だ。

聡子は兄・裕樹《ひろき》と二人で〈宝生エステート〉の専務と常務の役職にあって、自分でも自社ビルの空きフロアでクラブなどの店舗を展開している。業績も良いようだ。

そんな関係で、銀座や六本木、新宿などの繁華街では、宝生兄妹《きょうだい》を知らなければモグリだとまで言われるらしい。

「じゃあ、たむろするのは○○ビルか××ビルか——」

さすがに聡子は詳しいようで、ビル名をざっと十三、四は立て板に水で列挙した。

それで、大分ご機嫌になっていると判断がつく。

聡子の場合、酔いが進むほど舌の回りが良くなるのが特徴だ。

「ああ?」

「新宿はアジア系が強いから、ロシアが自由に出来る場所は限られてるし」

「それ、限られてるって数じゃないような気がするけど」

「麻取で近々でロシア系で新宿だったら、オデッサかブラザーズですね」

これは穂乃果だ。業界大手・大日新聞政治社会部の敏腕記者だけあって、顔も知識も幅広い。

「そう。オデッサだったな。ブラザーズは今、クスリは扱ってないらしい」

楓がグラスのビールを空けた。

「で、観月。お前が新宿って言ったんで、それでふと思った。こないだ、QASだっけ。あれで新宿の膿《うみ》は出したよな。ティアドロップとかの売人」

「はい。おそらく、現状見えてる全部は」

楓の問いに、観月は頷《うなず》いてムースを口にした。

「で、こっちは小っちゃいながらに、新宿の取引を引っ掛けた。言ったよな」

反応としてまた頷き、今度はワイングラスを傾ける。

「けど、止まってないらしいよ。売りも買いも」

「えっ。それって？」

観月はムースを流し込むように木杓子《きじやくし》を動かした。

「そう考えると、売りには一人だけ怪しいのがいる。正式な留学生なんだけど、親のルートがな。サハリン州の知事に近いらしい」

「なんて名前です」

身を乗り出す穂乃果に楓は、ボリス・ブラドフ、と言ってくしゃみをした。

何かが掛かったようで、穂乃果が顔を押さえて悲鳴を上げた。

「先輩っ」

「わはは。悪い悪い。穂乃果、怒るな。それとおい。観月」

「はい？」

「交互にそうやって食って呑むな。なんか気持ちが悪い」

とばっちりのような気もするが、

「了解です」

ひとまず言ってワインを呑む。

聡子が腕を組み、一人だけ難しい顔をしていた。

酔って気持ちが悪い、というわけではないようだ。

「どうした」

楓が聞いた。

「それ、ワルよ。女泣かせってヤツね。うちのっていうか、六本木の兄貴の店のナンバーワンが、昔ね」

腕を解き、聡子は携帯を取り出した。

「ちょっと待って」

ＬＩＮＥの画面から送信する。恐らく兄・裕樹か、そのナンバーワンだ。

返信はすぐに来た。

「兄貴が知ってた。今のっていうか、本命が新宿の、ベルベルってキャバクラにいるらしいわ。ロシアンハーフで、こっちも相当ダメダメみたいだけど」

と――。

観月の中で繋がるものがあった。

「おおっと」

ＱＡＳと新宿警察、ベルベル、止まらないクスリの流通、オデッサ・ルート、ボリス・ブラドフとその彼女、分を超えたキャバクラ通い。

ちょうど、山盛りポテトと甘鯛の細川焼が運ばれたときだった。

観月は時田に電話を掛けた。

結果はどうやら、ビンゴへ向かうヒントになったようだった。

祝杯に観月はワインをもう一本と、ムースとゼリーを一緒に頼んだ。

五

「ああ、ほうだほうだ。みうき」

観月が注文をした直後だった。

ようやくポテトと甘鯛の争いに決着をつけた真紀が、どっちだか、あるいは両方を頬張った状態で声を発した。

「ん？　何？」

上手くすれば八月の下旬には、裏ゲートを最終検査に持って行けると思う。問題はなにもないと思うから、九月上旬には使えるようになるわよ。

と、一部わからないが、おそらくブルー・ボックスの裏ゲートについてそんなことを言ったようだ。

「あ、そう。下旬ね。ああ、お客さんと重なると面倒だけど」

長島に見せられたファイルを思い出す。

「なに。お客さんって」

「あれ。いいのかな」

「あんず大福、また買ってきてあげる」

真紀の会社、アップタウン警備保障の本社は広尾《ひろお》にある。

しかし、未《いま》だ人選は届いていない。難航しているのだろうか。

となると、口外していいものかどうか。

「あんずどら焼きと黒豆さらさらも、セットでサービスよ」

「大阪府警からさ、ブルー・ボックスに視察・研修の申請があってね」

観月の口は衝動的に、こし餡《あん》より滑らかに動いた。

「あら、へえ」

真紀は目を細めた。

同じ〈キャリア〉でも、こっちはバリバリにキャリア・ウーマンの目だ。

なんといっても、真紀は父が経営するアップタウン警備保障で営業の統括だった。

アップタウンはキング・ガードとセキュリティ業界のツートップで、毎年業績を争っている。

その営業の統括は腰掛けや七光りで出来る、あるいは任せられる役職ではない。アップタウン警備保障の営業統括は、業界のトップセールスと言っても過言ではない。

「大阪版ブルー・ボックス構想、ね。ま、そんな話もないじゃないけど」

抱え込んだ、山盛りポテトだった皿の小盛りポテトを摘みながら真紀が言った。

なんとなく知った風だが、そういうこともあるだろう。

警備会社と警察は、水と油と思われがちだが、部分的には持ちつ持たれつの関係にある。現実的な警備業務だけでなく、警備に関わるあらゆる情報の出し入れも含めてだ。

そもそも警察も民間企業と同じカイシャなのだと、そう考えれば、全国にネットワークを構築し情報戦を戦う大手民間企業には、〈ビジネスマン〉としての資質はどうしようもなく劣る。

その辺に、水と油が馴染む部分は間違いなくある。

「ちょっと、西日本支社の営業部を突《つつ》いてみようかな。本当に進みそうなんだったら、いい情報だわ」

いい情報だと言われると、さすがに反省も湧く。これでも監察官室の管理官だ。

あんずどら焼きと黒豆さらさら、手代木監察官はいいとして、露口参事官や部下の分も含め、いい情報なら五セットは交渉できただろうか。

そんなことを考えていると、

「ふうん。大阪ね」

真紀の抱えるポテトの皿に、口調とは裏腹に素早い楓の手が伸びた。

「大阪って言えば、竜神会《りゅうじんかい》の本拠か」

アップタウンのガードを掻《か》い潜《くぐ》り、楓はポテトを三本奪取した。

「親父が死んで、出来のいい息子が継いだばかりだったね」

「気になりますか？」

聞いてみた。

観月同様、楓も竜神会とは敵対関係にある。いや、直接的な作業対象者が同業者である観月以上に、麻取に近い麻薬対策課の楓は竜神会とは近いかもしれない。

いや、と楓は首と、口から突き出たポテトを左右に振った。

「今のところは何も聞こえてこない。大人しいもんだけど、大人しいってのは怪しくて、怪しいってのは危なっかしいってことで。ま、その辺は今度、加賀美《かがみ》さんにも聞いてみたいところだ」

「あっと。じゃあ、近々の署長の予定、聞いときます」

「頼むわ」

加賀美とは現赤坂《あかさか》署の署長、加賀美晴子《はるこ》警視正のことだ。こちらも東大卒のキャリア組で、観月の知る範囲では最年長にして出世頭だった。

年次で言えば加賀美の方が遥かに上で、楓は加賀美とは在籍中に学内で顔は合わせていない。が、観月が警察庁キャリアになってからは仕事柄、観月を介して東大の先輩である加賀美とは、年に一度は情報交換の場を持つ関係になっていた。

「ああ。竜神会っていえばさ。こっちの竜神会。東京竜神会だっけ。その代表。五条国《ごじょうくに》光《みつ》」

聡子がひと息でそこまで言った。ほろ酔いの加減がだいぶ深い。

「えっ。あ、失礼しました」

空いた器を下げに来た仲居さんが目を丸くし、小皿一枚だけ持って出て行った。

さすがに少し、素人でも知るヤクザの名を連呼しすぎたか。

この気儘《きまま》な女だけのクインテットは、なんに見えるだろう。

「先輩。ちょっと」

素面《しらふ》の真紀がさすがに諫《いさ》める。

観月もまあ、少なくとも見合い相手の店なのではと思うが、

「この間さ、話したわよね。うちのパパの誕生パーティー。帝都ホテルの」

と、本人に自粛の気がまったくなさそうだから、これはこれで仕方ない。後輩の出る幕ではない。

「ああ。帝都ホテルのパーティーっていうと、あれか。穂乃果に因縁付けた五条に、あ

んたが啖呵《たんか》切ったってヤツ」

　楓が鼻をかみながら言った。

「なぁんか、それって私が極妻《ごくつま》みたいじゃない？」

「あれ。聡子先輩。あたし、五条の青大将に因縁なんか付けられましたっけ」

　穂乃果は焼酎を飲みつつカラカラと笑った。

　ちなみに真紀は、まだ黙々とポテトを食べている。

　クインテットはなんとも、こういう粒揃《つぶぞろ》いだ。

　ちょうど、観月の注文したワインとデザート一式が運ばれてきた。

　夜も更けたからか、話の内容が物騒だからか、仲居さんが板場の男衆に変わっていたが、腰の引けた感じは変わらない。

「とにかくさ。パパのパーティー以来、あの青大将、ちょっと嫌味なのよね」

　聡子がようやく、チェイサー代わりの緑茶に手を出した。

　そろそろ仕舞うつもりはあるのかもしれないが、

「嫌味って、なんだい」

　と楓が聞いて、話はまだ続いた。

「うん。この間はご無礼さん、とかってさ、なんか先月、そうね、親父さんの葬儀から帰ってからだから、下旬からね。ちょくちょく銀座にあるうちの一番店に顔を出すのよ。

ご面倒掛けましたさかい、とか笑わない目で言っちゃってさ」

「ぐえ。一番店って、座っただけで十万、呑んで天井知らずって、あの暴利の」

「やめてよ。暴利じゃなくて粗利よ」

「へいへい。で？」

「でもまあ、お金を使ってくれるのはさ、当然それはそれでいいんだけど。ヤクザはそれだけじゃないって言うか、それだけじゃヤクザじゃないって言うか」

「面倒だな。おい」

「そうよね」

「違う。お前の話だ」

「えっ。ああ、ゴメン」

掛け合いがいい呼吸で続いた。

これ幸いと耳だけ預け、観月は急いでワインとデザートを堪能した。

「で、来るだけじゃなくて、目星をあの青大将がつけていくんだろうね。あのクソ代表についた娘《こ》には、必ず次の日から引き抜き攻勢が掛かるの。その仕方がもう、夜討ち朝駆けってだけじゃなくてえげつないの。っていっても、やってるのは因果を含められた下っ端の組の連中だろうけど。表立ってじゃない分、無性に腹が立ってさ」

「なるほどねぇ。ただじゃ高い金払わないってか」

だからさ〇〇、と、耳に馴染んだ言葉を聞いた気がした。

すぐに、聡子の視線も感じた。

「うわ。あれ、呼びました」

いけない、いけない。文旦ゼリーの甘酸っぱさに溺れ掛けていた。

なんでしょう、と聞けば、聡子が目を下から押し上げる感じにした。手は揉《も》み手の位置だ。

「それでちょっとさ、組対の誰かに言って、釘《くぎ》を刺してくれないかな。あの青大将に」

「はあ。釘ですか」

言われて瞬時に思い浮かぶのは一人だった。

この間、道玄坂《どうげんざか》のガサ入れを手伝って貸しを作ったからまず間違いはないだろう。

ただ、釘を刺すイメージが想像を絶する。

東堂絆の刺す釘は、五寸どころではまず足りない。

「いいですけど。いいんですね」

「いいわよ。いいんだから」

「いいなら、じゃあ頼んでおきますけど。――はい」

観月は手を出した。

聡子は緑茶を飲み干し、襖《ふすま》の外に勘定を頼んだ。

顔を戻し、

「じゃ、情報で。私にはよくわからないけど。――エグゼって知ってる？　E・X・Eのエグゼかしら」

「――えっと。なんでしょう？」

まったくわからなかった。聞いたこともない。

観月は視線を楓、真紀、穂乃果の順に移した。

全員が首を横に振った。

「あの青大将のね、五条国光の、このところの口癖みたい。酔うとブツブツ言うんだって。渡さへんで、渡してたまるかいって」

「口癖、ですか」

「そう」

「あの。情報源は？」

手を挙げたのは穂乃果だ。いつの間にかペンとメモを手にしている。

夜の蝶《ちょう》、そう誇らしげに聡子は言った。

「ふふっ。私の育てた蝶はね、夜の街をヒラヒラ飛ぶの。あっちに寄りこっちに止まり。けれど、絶対に裏切らない。明るくなるとね、必ず私のところへ帰ってくるの。何があっても、誰とあっても」

へえ、と穂乃果が声を発したきり、誰も何も言わなかった。穂乃果でさえ、ペンは止まっていた。

「へん。女帝かよ。恐《お》っそろしいね」

まず口を開いたのは楓だが、そんなことを言えるのもまた楓だけだろう。

聡子の醸す雰囲気はそう、まさしく女帝だった。

ただし――。

恐ろしい、というイメージは観月にはわからなかった。

かえって考えるのは、夜に飛ぶ蝶の姿と理屈だ。

どこをどうやって、一体なんに向かって、飛ぶのだろう。

頭の中で飛ばしてみる。

外灯があってそこに向かって、群がって、バタバタと――。

どうしてもイメージは蛾《が》だ。

なるほど。

「怖いですね」

呟く。

そうだよな、と楓が頓珍漢《とんちんかん》な同意をした。

六

八月に入った最初の土曜日だった。

この日、九時半を回って観月はブルー・ボックスの三階に立った。

No.3―A―01の棚の前、つまりは角だ。

「感度はどう？　OK？」

観月はヘッドセットのマイクに話し掛けた。

淡いピンクのトレーニングウェア、同色にそろえたジョギングシューズに黒く細いヘッドセット。

これはもう、すっかり恒例となった、観月がブルー・ボックス内をフルに回るときのスタイルだ。

ほぼ一週間に一度、観月はブルー・ボックスの二階か三階を走る。

一週間前の全棚の配置は、ミリ単位の誤差も許さない絶対記憶として頭の中にあった。

その映像とのズレをチェックするのだ。

当然、なにごともなく終わるなどということはまずない。証拠品や押収品は毎日搬入され、収蔵される。それだけでも記憶の中にはない異物だ。

入庫率は、六月末で一階が五十パーセント、主に証拠物件の二階が五十七パーセント、押収物の三階が五十六パーセントに達した。

三月末の段階では一階が四十パーセント強、二、三階がどちらも五十パーセント内外だったことからすれば、だいぶ落ち着いてきているが、止まったわけではない。今現在でも月に一パーセントから二パーセントの伸びはある。総重量でいえば約一トン、アイテム数で千以上が、ブルーボックスではひと月に純増した。

これだけでも、当然チェックは必要だ。

だがそれ以上に厄介なのは、本庁や所轄、警察庁や検察庁の担当者が代わる代わるに、自分たちが運び込んだ押収品や証拠品を確認しに来ることだった。

観月が支配するのはブルー・ボックスという筐体《きょうたい》とその空間、周辺のエリアをであって、蔵物たる証拠品・押収品そのものではない。収蔵と収蔵品に対する管理監督責任こそあれ、その取扱いに関しては一切の権利を有さない。

あくまでも権利があるのは、保管を依頼してきたそれぞれの部署だ。

要するに、収蔵を許可するまではペコペコしていた（らしい）くせに、一旦預けてしまえば自分のロッカールームのようにぞんざいに考える連中に権利がある、のだから始末に負えない。

そんな連中は勝手にやって来ては入場者名簿に記名するだけで、荒らすように証拠品・押収品をいじくりまわし、さすがに出しっ放しで帰ることはないが、同じ場所に戻さないなどはしょっちゅうだ。

だから観月は、一週間に一度は〈クイーンに依《よ》る直々の城内巡察〉をしなければならなかった。

視察し、位置が変わっている物があれば内容物をチェックし、問題なければリスト通りに修正する。問題があれば当然、そこからは監察官室本来の出番となる。

そうして、新たな収蔵品も含めた全棚の最新の配置を視覚から取り込み、細かく画像として記憶する。

ただし、これは新規の記憶であって、上書きではない。新たに記憶したからといって、古い記憶をデリートすることはできない。

溜まる一方の記憶が、果たしてどこまで許容可能なのかは誰にもわからない。

超記憶自体が、どこの誰にも前例のない特殊能力なのだ。

ただ、ときおりとてつもない片頭痛が起きる。

そこが超記憶と脳疲労の、観月の臨界点なのかもしれない。

一線を越えたときどうなるかは、未だ定かではない。

が、対処法は存在した。

観月にとっては、甘味の〈補給〉がそれだった。

初めは、小学校のときだった。

幼い脳は毎日、夕方になると割れんばかりに痛んだ。

帰り道の若宮八幡の境内で、ときどき我慢の限界を越えた。蹲《うずくま》って一人で泣いた。

「お嬢。なんか変だね。おや？　泣いてるのかい」

聞いてくれたのは、関口のおっちゃんだった。後の爺ちゃんだ。

「仕方がない。お嬢のためだ。取っときの、これをあげっかな」

そう言って武骨な手が差し出したのが、あんパンだった。

「足りないんなら足せばいい。明日から毎日おいで。お嬢が言うところの体操、教えてあげよう。体操したら、あんパンをあげよう。取っときのだよ」

原初の記憶だ。

当然、最初は処方として口にしたわけではない。

が、あんパンによっていつの間にか頭痛が和らいだのは、紛れもない事実だった。

以来、観月は甘味が、特にこし餡が大好物になった。

つぶ餡でないのは嫌いなのではなく、単に食べ続けるには重いからだ。

――管理官。こっちはＯＫですけど、管理官の〈補給〉はＯＫっすかぁ。

ヘッドセットに馬場の声が聞こえた。

「大丈夫。さっき休憩室でね、昨日森島さんが持ってきてくれた神馬屋《じんめや》いま坂のどら焼きを一箱食べたから」

――気持ち悪いくらいＯＫでぇす。

神馬屋いま坂はどら焼きの名店だ。店が東武東上線の下赤塚《しもあかつか》で、近くの官舎に住む森島がときおり買ってきてくれる。

ちなみに、こしあんどら焼きひと箱は十個入りだ。

「じゃ、始めるわよ」

観月はまず、ゆっくりと動き出した。

№３―Ａ―01から№３―Ｉ―01へ。

№３は三階のことで、Ａ、Ｉ、Ｕなどは三十八行を五十音で示すアルファベット表記だ。そして末尾の数字が、裏表で百九十ある棚の列を指す。

「馬場君。やの一、チェック」

――了解です。

やの一はつまり、三階にいる今は、№３を省略してＹＡ―01、その口述だ。

Ａから三十八行目のＹＯまででも、直線で百四十メートルはあった。

そこまで到達すると、今度はＹＯ―02と03の列の間に回り込む。その次はＡ―04と05列の間だ。

この繰り返しを観月は一時間半で完了した。

どら焼きひと箱で糖分はたっぷりと補給したはずだが、やはり最後は、脳内が燃えるようだった。

「どう?」

汗を拭きながら聞いた。

以前に比べれば数は減ったが、チェック個所は三十はあった。

——とりあえず、全部申請は出てます。

「そう。了解」

——あとは係長と内容確認しときます。

そういうことで、と奥から牧瀬の声も聞こえた。

観月は二階に降り、シャワー室で汗を落としてから平服のパンツスーツを着込み、勤務室へ向かった。

〈警視庁警務部　監察官室分室〉

扉に掲げられた腐食文字《エッチング》二段書きの真鍮《しんちゅう》メッキプレートは、警察庁長官官房の長島首席監察官から贈られたもので、水戸黄門の〈印籠〉あるいは遠山の金さんの〈桜吹雪〉よろしく、このブルー・ボックスが誰の支配下にあるかを主張する。

分室の扉を開ける。ここもカード・キーだ。壁際に並ぶ小部屋のすべても、いずれ同システムの管理下にしたいとは思っているが、今は取り敢えず、予算という強敵に阻まれている。

「あ、お疲れ様でーす」

「お疲れ様でした」

観月を迎えるのは馬場と牧瀬の声と、ブルー・ボックス内部の現在を映す、四段に重ねられた五十インチデュアルディスプレイのクアッドモニタだった。アップタウン警備保障自慢の、高精度カメラアイは現在を映しつつ、ツーフロア各百九十列を遠近十ブロックで切り取った一週間分を画像として映す。

ワンフロア、およそ一万二千枚。

観月ならそれを三時間足らずですべて記憶野に納める、納めた。

が、必要時以外は当然やらない。

この日も、仮に三十カ所のチェックにわずかでも不審の欠片《かけら》や残り香が見つかれば脳を〈稼動〉して原因を炙《あぶ》り出すかもしれないが、おそらくそれはないだろう。

「ふう。疲れたぁ」

応接セットのソファに寝そべるようにすると、牧瀬が山盛りの甘味と抹茶を盆に載せて運んできた。

「どうぞ」

「ありがと」

この日の甘味は、小金井三陽《こがねいさんよう》の麩《ふ》まんじゅうだった。

「うーん。美味しい」

運動の後は、とにかく甘い物が美味い。

夏場はビールも美味いが、甘い物とよく冷えた抹茶も最高に美味い。

脳が、ゆっくりと解《ほぐ》れてゆく感覚があった。

「けど、また増えたわね」

堪能しながら、収蔵物の話に移る。

「そうですね。盆休み前にって駆け込み需要ですかね。この一週間だけで一パーセントは超えたみたいです」

盆を抱え、対面に座った牧瀬が答えた。

「ふうん。じゃあ、お正月前もかしらね。クリスマスもあるから、十二月は中旬かな。あとはゴールデンウィークとか」

「なんか、高速の渋滞予想みたいになってますが」

「そうね。案外、あっちからデータ貰えばそのまま流用できるかも」

観月はまた、麩まんじゅうを摘んだ。

のど越しと甘さが癖になる味だ。

堪能していると、分室の扉が雑に開いた。

「あら」

入って来たのは時田だった。

その顔は観月でもひと目でわかるほど、憮然《ぶぜん》とした表情を浮かべていた。

「なんです、トキさん。管理官の眷属《けんぞく》ですかぁ」

そんな馬場の軽口にも、時田は浮かない顔だった。

観月は最初から無表情だが。

「眷属か。まあ、違いねえかな」

牧瀬が無言で立ち、場所を時田に譲った。

「どうしたの、主任」

観月はまた麩まんじゅうを摘み、皿ごと時田の方に押した。

「そうっすね。何かあったってえか、何もなかったってえか」

牧瀬が運んできた冷茶を飲み、時田も麩まんじゅうを口にした。

「管理官。お骨折り頂いた小松原の件ですがね。あれ、ダメになっちまいました。いや、ダメじゃないいんすけど」

よくわからないっすねと、ソファの近くに立ったままの牧瀬も眉を寄せた。

「クスリの証拠も固まってきたんです。で、今朝方から用意して、久留米と向かったんですよ、小松原の自宅へ」

「自宅？　ああ、東陽町だっけ？」

「そうです。女房と子供はですね、帰省かなんかでこのところいないらしくて。それで本人が自宅に出入りしてるのはわかってました。で、東陽町に向かったんです。そしたら、小松原はもういませんでした。けど代わりに、出たんですよ」

「出たって、何が？」

「まさかトキさん、真夏の風物詩の、幽霊ですかぁ」

馬場がモニタの前で、両手をブラブラさせながらそんな軽口を飛ばしてきたが、時田は反応しなかった。

潮風公園の理事官、と苦々しげに言って、時田は冷茶を雑に飲み干した。

潮風公園とは、この牧瀬班ではC４爆薬と北の工作員・姜成沢の一件におけるバーターを指す。

その理事官と言えば、公安総務課庶務係分室の室長、小日向純也のことだ。

うげっ、と潰れたような声を出したのは牧瀬だ。

「なんでも、サハリン・ルートに、ごく小さな伝手《つて》が欲しかったんだそうです。それで小松原から仕掛けて、ボリス・ブラドフを型に嵌《は》めたいと。だから外事に振ったよって、猫みてえに笑って」

「ふうん」

観月は目を細め、組んだ足の上で頬杖《ほおづえ》を突いた。

「それって、狙ってた感じ？」

「そうですね。余裕綽々《しゃくしゃく》でしたから」

「まさか、新宿署の刑事が小松原をリークしたときから、だったりして」

「さて。私と久留米程度じゃ、そこまで見通せません」

「でも、それで引き下がっちゃったわけ？　監察官室の主任ともあろうものが」

少し口調が荒くなったか。

感情の発露だとして、それは小日向純也、という一人の男に対してだから動く感情だろう。

清濁、善悪、濃淡、明暗、そして光と闇。

すべてをまとめて、観月にとって小日向純也は特異点だ。

「すいません。もう小松原のガラ取られてましたし、まがりなりにもあっちは警視正ですしね。それに――」

時田は頭を掻き、膝を叩いた。

――タダじゃないよ。バーターと行こうじゃないか。

純也は時田にそう言ったらしい。

「何？」

「磯部、来てるよ」

「えっ」

「そう管理官に伝えてくれたまえって言ってました。それでわかると」

磯部、磯部、磯部桃李。

リー・ジェイン。

「けっ。また掠《かす》め取りってか。あの分室の─◇●▽×─」

牧瀬が怒鳴っていたが、何を言っているのかはわからなかった。麩まんじゅうの甘さえも遠ざかる。

〈再見〉

〈近々、日本に行くよ〉

パチン、と指を鳴らす音が聞こえた気がした。

──ふふっ。

二週間前、若宮八幡の境内で梢《こずえ》の囁《ささや》きに聞いた笑い声は───。

「まさかね」

口中で呟く。

心に少し、小波《さざなみ》のような衝動が起こる気がした。

磯部桃李も小日向純也同様、観月にとっては間違いなく特異点だった。

第三章

一

お盆前、最後の水曜日だった。九日だ。

この日、観月は朝八時前からブルー・ボックスにいた。

正確にはブルー・ボックス裏手の、ゲート及び守衛詰所造設工事に関わる、現場事務所のプレハブの二階だ。

――手元足元注意でいきまぁす。

――午前十時から昼を挟んで三時まで、外側都道にラフター付けます。

――本日は一時から一斉清掃でぇす。

朝礼から続く、工事関係者のラジオ体操を二階から見るともなく眺める。

この日の体操は第二だった。楽曲としてもずいぶん久し振りに聞いた。

この日観月がブルー・ボックスにいるのは、特に何かに問題があったわけではなく、単なるシフトだった。

七日の月曜からこの日、九日までの三日間、牧瀬が早めの夏季休暇に入っていた。前の週から土、日も繋げて五連休だが、牧瀬に関しては何をするとも想像がつかない。呑んで寝て、あとは鍛錬、そのくらいだろう。

少なくとも六日の日曜日には本人も休みだというのに、同じく公休の馬場を早朝から強引に連れ出したらしい。

向かった場所は、加賀美晴子が署長を務める赤坂署だった。

なんでも、東堂絆が朝稽古を約束した日なのだという。

そんなことを、全身筋肉痛で這《は》うように出てきた月曜日の馬場に聞いた。

「文句とかそんなんじゃないんですけど、管理官、今度係長に、真面目に聞いといて下さい」

他にすることはないんですか。

ないのだろう、と言い切ってしまえば身も蓋もないので、ひとまず、そうねとお茶を思いっきり濁す。

そんなこんなで、とにかくこの日、観月は朝からブルー・ボックスに詰めていた。

ちょうど、お盆休み前に工事の進捗状況を確認しておきたいということもあったから、一石二鳥ではあった。

——では、ご安全に。

眼下では体操も終わったようで、二十人以上の作業員がワラワラと持ち場に散り始めていた。

「ご安全に、か」

観月にはラジオ体操第二以上に懐かしくも、耳に馴染《なじ》んだ言葉だった。

この挨拶はその昔、ドイツの炭鉱夫たちが使っていた〈Glückauf・ご無事で〉が由来とされ、日本では住友金属工業が始まりだと言われる。それが鉄鋼業界に広まり電力業界でも使われるようになり、広く一般に認知されるようになったという。

つまり、そもそもは鉄鋼マンの挨拶だったのだ。

遠い昔、幼い日々、父の口からもよく聞いた。面白がって観月も使ったものだ。

——お父さん、ご安全にね。危ないことしちゃダメだよ。

そんなことを思い出す。

思い出す余裕がブルー・ボックスの朝にあったのは事実だが、それだけではない。

——磯部、来てるよ。

時田の口から聞いた純也の言葉が、どうしても脳裏を離れなかった。

「お待たせ」

真紀がリズムよく足音を響かせ、外階段を上がってくる。

工事用バインダーを小脇に抱え、ヘルメットに安全帯、安全靴の出《い》で立《た》ちは、ガテンにして男前だ。

ジャンパーとスラックスのサイケな赤が目に染みるが、これはアップタウン警備保障のカラーだ。

刑事警察の逮捕主義と一線を画し、民間警備の主義主張は警備警察に近い。

事件も事故も、起こさせないことが大前提であり、どこからでも目立つ赤が、その意志を象徴する。

「じゃ、早速説明するわね」

真紀は大判の工事工程表をテーブルに広げた。

各工事業者ごとの工程が網羅された工程表だった。

見る限り九月上旬までは工程表に記載があったが、工務店からの工事引き渡しは、取り敢えず八月三十日予定のようだった。

「今日、ゲート本体のパイプを建て込むわ。生コンの打設もやる。今のところ、すべて順調よ。建築検査も問題はないわね。なんたって、手抜き工事ってのはあるけど、手増し工事にしてるから」

「へぇ」

「どこの業者もね、こういうときさ、見える部分の部材とか造作には結構注意するのよ。けど、地中とか見えないところで手を抜いたり気を抜くの。知ってる？　台風とかでこういうゲートが倒れたりする原因って、パイプが折れたり曲がったりするだけじゃないのよ。基礎ごと倒れたりするの。上は頑丈だけど、中が脆弱《ぜいじゃく》ってことのいい例ね。ここはまったく問題ないけど。強度を計算上の二倍にしてるから」

「ふうん」

その後、この一週間のスケジュールを確認した。

やはりお盆休みは工事も手薄になるようだ。主には調整期間ということで、進行に遅れのある業者は作業するようだが、大半は休みになるらしい。

「工事については以上ね」

真紀はヘルメットの庇《ひさし》を上げた。

「でさ、観月。向こうの支店に聞いたんだけどさ」

「――向こうって」

すぐには理解できなかった。どうにも少々、上の空だ。

パチン、と指を鳴らす音が、間欠的に聞こえる気がした。

集中力が、落ちているのではない。高まらなかった。

「なによ。大阪に決まってんじゃない。府警からここに、お客さんが来るんでしょ」

「ふうん」

「ちょっと。あんたが言ったんだよ。しっかりしてよ」

「え。しっかりはしてるけど。——と思うけど」

自分で言っていて、自分でもまったくしっくりこなかった。

心、ここにあらず。

「仕方ないな」

真紀はヘルメットを取り、髪に手櫛《てぐし》を入れて裾を広げた。

次いで振り返って、自分の席の引き出しを開ける。

「後でと思ったけど、ホイ」

真紀が何気なく、武骨な紙袋をひっくり返した。

ドサドサとテーブルに広がったのは、一口サイズの菓子包みだった。赤文字と青文字の二種類があり、どちらも〈登録銘菓 お菓子とうふ 亀田〉と書かれていた。

「えっ。お菓子とうふって、これ、ちょっと真紀」

思わず声になった。

お菓子とうふは、新潟万平菓子舗《にいがたまんぺいかしほ》の銘菓だ。肌理《きめ》細やかな豆乳入りスポンジに、ごま餡や梅餡がサンドしてある菓子で、なんと言っても東京では手に入らない。

「うわうわ」

目が輝いた。

集中力が一気に高まる。磯部桃李も論外に飛んだ。

仕方がない。

超記憶と脳疲労の関係もあり、観月の生き様を一番縛るものは、やはり甘味以外にはない。

「真顔で喜ばれても、あんまりうれしくないけど。――はい」

真紀がアイスコーヒーを運んでくれた。

「サンキュー」

「まったく現金なものね」

対面に座り、自分でもアイスコーヒーを飲む。

朝も八時半から、コーヒー・ブレイクだ。

「で、大阪の件だけど」

「はいはい」

「こっちまではまだ伝わってこなかったけど、聞いたら、西日本文社の営業部長止まりで、結構情報は仕入れてたみたいね。あちこちで結構、徐々に本腰を入れ始めてるみたいだってさ」

「あちこちって？」

「少なくとも、関西地盤の大手ゼネコンやマンションディベロッパー辺りかしら。今年に入って、咲洲の建築基準が大幅に緩和されたからね。一事が万事で、あの辺のインフラ整備が全体的に始まるわよ」

「なるほど」

「うちもね、私が大阪府警がって話したら、結構みんな色めき立ったわよ。その辺まではまだ知らなかったみたい。府警向けに本腰入れてみるってさ。ありがとう」

「ありがとうって、こっちこそこの〈お菓子とうふ〉ありがとうだけど、大阪府警からの視察・研修って話だけで、そんなに大袈裟《おおげさ》なもの？」

「そうねえ。なんて言えばいいかなあ。——ここだけの話」

真紀は頭を掻き、周りに人の目のないことを確かめて顔を寄せた。

「飛び道具とか実弾使うのって、警察さんだけじゃないのよ。当然、商常識とかルールとかにギリギリ則《のっと》ってだけどね」

「えっ」

「使い方を間違うと、監査されちゃうのも警察さんと一緒だわね」

「——ああ」

官民問わず、どこにでもあるグレーゾーンの話か。

真紀は立って窓辺に向かった。

外では工事の音がだいぶ賑やかだった。軽い振動もあった。

「ま、まだそんな大枠だけよ。予算取り。いつでも撃てるようにって感じ。でも、こういうのって素軽《すがる》さが命だし、この案件なら間違いなく破格になるから」

「へえ。破格、ね」

「そう」

振り返って人差し指を立て、これで足りるかしら、と言いながら真紀は笑った。

「足りなくてもまあ、惜しくないけど」

「そうなの？」

「オリンピック誘致はこけたけど、知事以下、あっちはさ、万博の立候補地に名乗りを上げたでしょ。夢洲だっけ。ＩＲ法案にも大乗り気みたいだし。それでもダメだったとしても、ほら、あっちの知事って逞《たくま》しいから、また別のなにかをぶち上げるんじゃない？　下手な鉄砲も数撃てば当たるってさ。実際、大阪府はＵＳＪは引っ張ったしね。だから、この府警の一件は手始めでしかないだろうけど、先鞭《せんべん》をつけられればうちにとっては大きな一歩になるはずなのよ。アポロ十一号プランってとこかしら。人工島の辺り、あの辺はいいわよね。インフラさえ整えば、あの広さはもう、府の中心地にはなかなかないもの、って、ちょっと観月っ」

「ふぇ？」

なんで全部食べちゃうの、と真紀は口を尖《とが》らせた。

「あれ、くれたんじゃないの？」

「だって、二十個あったのよ。少しは残しなさいよって話じゃない？　普通はさ」

「あっそ。じゃあ、仕方ない」

観月は上着の両ポケットから三個ずつを出した。

真紀がテーブルのお菓子とうふと観月を交互に見た。

「なにこれ」

「部下の分、と私のお八つ」

「……」

まったく、と真紀は溜息をついた。が、口元は緩んでいた。

「大阪からくる奴、決まったらすぐ教えてよ。部署とか階級から、ある程度府警の本気度もわかるから」

「了解」

「じゃ、その六個も駄賃だ。持って行きな」

と、真紀はやけに男前に言い、ヘルメットをまた被《かぶ》った。

二

八月十一日は、前年から山の日という国民の祝日になっているが、観月には一向に関係がない。

民間企業なら多くがお盆を挟んだ夏季休暇に突入しているようで、交通機関も道路も空《す》いていて有り難いが、利点はそれくらいで、仕事の人間にはただの金曜日だ。

観月にとっても、手代木にとっても。

「お早うございます」

監察官室に入ってまず、観月はそう挨拶した。

お早う、と鉄の声が返る。

例によって、手代木はすでにいた。

いるだけでなく、始業前にして早くも書類に目を落とし、執務中だった。やるものだ。

見るともなく見回す部屋内には、普段よりだいぶ人が少なかった。

業務として不在な者もいるだろうが、間違いなく不在の大半は夏季休暇だった。

プレミアムフライデーは黙殺だとはいえ、働き方改革そのものの波は警視庁にも寄せている。というか、中央省庁はまず国民の模範たるべき、だそうだ。

歩くと、自分の靴音がやけに響いて聞こえた。

人が少ないというのは、こういう些細《ささい》なところに如実だ。

席に着こうとすると、

「小田垣」

と手代木の声が掛かった。

「はい」

振り返れば、手代木が書類から顔を上げていた。

常に表情は厳しいが、いつも以上に目が鋭かった。

なんとなく呼ばれるとは思っていた。昨日、週報を上げたからだ。

観月は、手代木のデスクの前に立った。

手代木の手元にあったのは、その週報だった。

「目を通した。時田主任の案件、これはなんだ」

やはり、理由はそこだった。

「なんだと言われましても、書いてある通りです」

「ザックリだな」

「心外です。必要なことは網羅してあると思いますが」

「最低限はな」

「そもそも、私も部下も全貌を知るわけではありません。最低限以上にしようとすれば創作になります。ファンタジー、お好きですか？」

「個人的には嫌いではないが、監察対象者を公安に持って行かれるなど、そっちの方がよほどファンタジーではないのかな」

「先に外事に身柄を取られ、直接はもう小松原に手出しができなかったことと、小日向警視正が直々に私の部下たちの前に立ったことはファンタジーではなく、悲しいほどリアルです。私はこの二点の現実だけでも、時田主任が退《ひ》かざるを得ない正当な理由になると思います」

「そうか。まあ、いい。ただな、小田垣。一つ聞きたい」

手代木はデスクに肘をつき、両手を組んだ。

「お前の正義は、どこにある」

「正義、ですか」

難しい問題だ。

すぐには答えが出せなかった。

結果、復唱になった。

「ここに」

観月は胸に手を当てた。

「下らん」

「だが、かえってお前らしいのか。――いや、お前らしくないな。」

手代木は手を解き、椅子を軋《きし》ませた。

「考えれば、そうなります」

「心か。情に照らすと」

「正義は法だ。法が正義だ」

「法ですか。たとえどんな悪法でも」

そうだ、と手代木は言い切った。

「法として存在する以上はな。それが法であり、社会のルールだ。他に答えを求めるとブレるぞ。迷いも出る。この迷いが、典型的な情だ。小田垣、いいか」

どんなときも迷うな、と手代木が言ったとき、デスク上の電話が軽やかに鳴った。

ディスプレイ上のナンバーは見知ったものだった。

手代木が受話器を取り上げた。

「お早うございます。首席」

警察庁の長島だった。あちらも、山の日だというのに登庁しているようだ。

「いえ、居ります。私の目の前に。――はい、休みではありません。休ませないつもりは毛頭ありませんが、このところ特には。――おや、なんの溜息でしょう」

立ったまま観月は聞いた。

どうやら、話題は観月に関することのようだ。

手代木が下から観月を見上げた。

「わかりました。では、今すぐそちらに向かわせます」

顔色も変えず電話を切った。

来させろと長島が命じたことはわかったので、一礼して背を向けた。

手代木も、特に何も言わなかった。

そのまま警視庁本部庁舎を出、中央合同庁舎二号館に向かった。

警察庁の入る二十階も、警視庁に負けず劣らず閑散として見えた。自身の靴音も高く響いた。

首席監察官室の前で身嗜《みだしな》みをチェックする。

登庁したばかりだから問題があるとは思われないが、チェック自体が礼儀だ。

「山の日にお呼びですか。溜息までつかれたようですが」

「元日だろうと山の日だろうと、出ている奴で用のある奴は呼ぶ。溜息はそのこととは真逆の話だ」

長島は窓際に立っていた。

目で応接セットのテーブル上を示す。

クリアファイルが載っていた。

「大阪からの人員が決まった」

「拝見します」

「一人は知らんが、一人は木村勝也という。国家公務員一般職、いわゆる準キャリだ」

長島は自席に戻りつつそう言った。

木村勝也・二十九歳・警部・大阪府警総務部総務課公安委員会事務担当室長。

たしかに、ファイルにはそんなことが書かれていた。警部昇進時の警察大学校卒業後、府警に配属になったらしい。今年春の人事だった。

「府警前の任地は、兵庫だったようだ」

長島は言いながら椅子を軋ませた。

「あら。近畿《きんき》づいてるんですね」

「木村だからな」

試すようにして、長島の口元が少し緩んだ気がした。

「木村、ですか。はて？」

「わからないか。さすがの超記憶でも」

木村は前兵庫県警察本部長の木村だ、と長島は続けた。

「あ、なるほど。元うちの公安部長の」

「ちょうど勝也君の初任研修が、お父上の赴任した年でな。それで引っ張られたとか聞いている」

「おや。その息子さんを首席もご存じで」

「遠い昔に、何度かな」

ぽつりと言い、長島はデスクの湯飲みに手を伸ばした。

「もともと、木村さん本人が大阪出身だったしな。お父上の睨《にら》みで、勝也君はおそらくこれからも、主にその辺を回ることになるのだろうな」

「はあ。――それって、いいことなんでしょうか」

「どう受け止めるかは本人次第だろう。根を張るか、腐らせるか」

長島は湯飲みに残った緑茶を啜《すす》りながら、勝也について知るところを口にした。

本人は一浪で京都の名門私大であるD志社大の建築学科を卒業した。建築家になりたいという夢もあったようだが、強引な父親に押し切られたらしい。

ちなみに勝也には兄が一人いて、こちらは都内の国立大の医学部をストレートで卒業し、現在は付属病院でドクターをしているという。

「優秀らしいぞ。医局長も近いらしい。自慢の息子と不肖の息子。昔一度、そんなふうに聞いたこともある」

長島は最後に付け加えた。

そんな話を聞きながら、観月はファイルの残りを眺めていた。

木村の他に派遣されてくるもう一人は、所轄の警部補だった。

敷島五郎《しきしまごろう》、五十三歳。

この歳で係長なら、ノンキャリの叩《たた》き上げだろう。

選ばれた経緯はわからないが木村のお付きだと、敷島の身上書からはそんな匂いがした。

一読で顔を上げる。

長島が真っ直ぐ観月を見上げていた。

「なんでしょう」

「敢えて聞くが、そっちのお父さんの具合はどうだ」

「……」

「だろうな。この時期に、帰省をしようとも心掛けない奴だ」

おお。

特に表情には出ようもないが、呼吸で長島は読んだらしい。鋭くて助かる。

が、観月の内心には少しばかり、では足りない程度の動揺はあった。

(うわ。忘れてた)

お盆の行事、お寺さん参り。

どこが、結論だけでも、そんなにギリギリにならないうちに、なるべく早く連絡する、だ。

母のなんとも冷ややかな目、父の情けなさそうな顔が浮かぶ。

と、見れば長島は椅子を回し、観月に背を向けていた。

「あの、お話は」

「終わった」

「失礼します」

観月はそそくさと警察庁を後にした。

陽射《ひざ》しの中で携帯を取り出す。

木陰に入ろうとか、それさえ何か後ろめたい気がして、逆に降り注ぐ陽光に顔を向けた。

――はい。なぁに。

母はすぐに出た。

いつもの声、いつもの口調がせめて有り難い。

「あ、お母さん。あの、お盆だけどさ。ええっとね、仕事なのは間違いないけど。――ご免。忘れてた。あはは」

――そうよね。

受話器の向こうで、明子がやけにはっきりとした溜息をついた。

なるほど、と長島の〈真逆の溜息〉についてもなんとなく理解する。

――あなたは昔からそういう子だけど。――そういう子なのよねえ。

「ご免。でもご免ついでに本題。どうなの？　父さんは」

――ついでが本題、ねえ。

また溜息をつきながらも、明子は回復の具合を教えてくれた。

抜糸までは順調に済んだらしく、今週に入って義春は退院はしたようだ。

が、やはり加齢から来る体力不足は否めず、補助装具だけでは歩行が心もとなく、松《まつ》葉《ば》杖《づえ》と明子の介助がしばらくは必要だった。

――なんでも自分で出来てたから、不自由でもどかしいのはわかるけど。

ふて寝の時間が増えているという。

「うわあ」

――第二高炉のセレモニーも諦め掛けてるみたい。口には出さないけどね。でも今はなにより、このまま寝付いちゃうんじゃないかって、そっちの方が心配。

「そう」

父もそうだが、父の気弱に引き摺《ず》られ、弱くなってゆくような母も心配ではある。

「決めた」

少し声が大きくなった。通り掛かりのＯＬが振り返るが気にしない。

「取り敢えず、火入れのセレモニーには私も出るわ。私が父さんを連れてく」

――えっ。

と言ったきり、明子の返事まではタップリ掛かった。

――大丈夫なの？

「大丈夫。父さん一人くらい、担いだってなんとかなる」

――そうじゃなくて、休みよ。今度こそ言っちゃったら、ご免、忘れてた、あはは、じゃ済まないわよ。

「任せて。約束する。父さんにも、そのつもりで頑張れって言っといて」

――わかった。そうね。有り難う。

いや、有り難うなどと言われる所業ではない。不肖の娘で、とこちらこそ頭を下げなければならない。

電話を切って、しばし和歌山方面の空を見やった。

「そうか。父さんも母さんも、もうそんな歳かぁ」

蟬《せみ》の声が喧《やかま》しく、西方から吹き来る風が暑かった。

三

新暦八月十五日は、日本では一般的に祖霊供養の盂蘭盆会《うらぼんえ》に当たる。

警務部、特に監察官室は模範にならなければならないという手代木監察官のポリシーにより、観月以下の部下たちは観月を除いて順次、夏季休暇に突入していた。

手代木に言わせれば、正義は法であり、法は正義であり、それが社会のルールで、働き方改革の大号令もルールの一環だと、そういうことになるようだ。

前週の牧瀬に続き、この週は前半が馬場で後半が時田だった。

森島と横内班の松川は、現状関わっている案件があるからだいぶ後になることは了承済みにして、観月がさらにその後になるのは暗黙の了解だ。

何事もなければの話だが。

この日、観月の職場はブルー・ボックスだった。休養十分の牧瀬が、朝から元気一杯に三階への搬入に立ち会っているのは、馬場が休みだったからだ。

それだけなら牧瀬の元気で補って余りあるかもだが、中二階の高橋の方も手薄だった。刑事総務課のシフトで、部下二人の夏季休暇がこの十五日だけ重なった。

数は少なかったが、重量物の搬入が重なったときには高橋が一階に降り、観月が中二階でオペレーションを担当した。

「ちょっと、B―2シャッタッ。奥が先だって言ってんでしょ。ルールがあるっての。――え、あたしがルールよっ」

などとインカムに怒鳴れば、作業後に上がってくる高橋は、

「へっ。さすがにここの主だな。俺とは凄みが違わあ」

と苦笑いだった。

午後になってからは一階の搬入が落ち着いたので、三階の冷蔵庫からたねやのあんみつ八個入りを差し入れてやった。

高橋は喜んだが、それでも一個で白旗を振るから、観月が三つ食べて残りは外に持ち出した。

裏ゲートの現場事務所にいる、真紀に差し入れてやるためだ。

実際の工事自体は、夏季休暇中ということもあって静かなものだった。調整期間ということは前もって聞いていたが、遅れのある業者もどうにか一斉のお盆休暇に間に合わせたらしい。

裏ゲート近辺には人影はなく、久し振りになんの作業音もしなかった。

観月は現場事務所の二階に上がった。

この日はたしかに、風のない一日ではあった。

「よう。観月。なんか、ずいぶん怒鳴ってなかったかい」

他に誰もいないからいいとして、真紀は扇風機の前で胸元に風を入れていた。

男前だが、言い方を替えれば〈あられもない〉。

「クーラー、つけないの？」

「一人で使えるか。それに、いつもなら風が入るしね」

「ふうん。——はい。差し入れ」

「有り難いね」

観月があんみつを長机に載せれば、真紀は冷蔵庫からペットボトルのスポーツドリンクを出した。

〈夏に負けるな、塩チャージ〉と書かれていた。

それにしても、このところ真紀はいつ休んでいるのかというほど毎日いる。

もっとも、自分も人のことは言えないから観月は口にはしない。

ただ、工事自体が静かなのは、この日の昼間までで、この日の夜には外構の掘削工事が入るらしい。

お盆期間中は人も車もめっきり少ないのが東京の特徴だろう。歩道から車道までカッターを入れる作業には、こういうときが都合がいいようだ。

夜からの工事で済《な》し崩し的に工事再開となり、そこから完成までは入れ替わりに仕上げの業者が入り、休みなしで一気だと、真紀は腰に手を当てスポーツドリンクをチャージしながら言った。

その後、真紀が三つ、観月が一つ、あんみつを食べた。

定時になり、珍しいことに高橋が牧瀬を誘って居酒屋へ向かった。

さすがにお盆期間中は搬入自体も少なめで、高橋にも少しは解放感があるようだ。

観月は十一時過ぎまでブルー・ボックスにいて、工事業者の集結を確認した。

「さぁて、こっから気合入れていくよ」

——ご安全にぃ。

夕礼を真紀が締め、それを汐《しお》に観月はブルー・ボックスを後にした。

観月は一人、メトロの駅へ急いだ。さすがに終電が気になる時間帯ではあった。

ショートカットのつもりで、新田の森公園に足を向けた。

細長い、森の小道のような公園は、外を回るより数分は時短出来た。

陽が暮れるまで風はほとんどなかったが、星が瞬き始める頃になって南東の風が吹き始めた。葛西だと海風になる。

木々の梢《こずえ》がかすかに鳴り、少し湿気《しけ》った風が公園に沿って抜けた。

公園の中ほどまで入り込み、観月はふと足を止めた。

東の空に下弦の月が見えていた。

光量としては、ひとまず何をするにも十分だった。

「この公園ってホント、待ち伏せポイントなの？　葛西署に文句言わなくちゃ」

観月は腰に手を当て、溜息交じりに呟《つぶや》いた。

人の気配が、大回りしたら通っていたはずの表通りの方にあった。

往来の人の気配ではなかった。真っ直ぐに車止めから公園の中に入って来た。

「えっ」

南東の風が、湿り気に混ぜてかすかな匂いを運んだ。

嗅いだことのあるような、甘い匂いの欠片《かけら》だった。

すぐに、小道に人影が見えた。

手を上げた。

パチン。

音がした。

間違いなかった。

観月は暫時、動けなかった。

細い目、小さな顔、細い鼻に薄い唇。裾まくりのコットンパンツにざっくりした麻のシャツまでが、あの出会った日のままだった。

変わったのは、黒髪の蛍原《ほとはら》カットが往時より一センチほど長いことと、口角がやや下がったことくらいか。

それでも笑えば、口元の角度は昔と一緒だった。

「やあ。ミィちゃん。いいね。相変わらず、マッシュボブがよく似合う」

磯部桃李だった。

いや、リー・ジェイン。

いや、どっちでもいい。

「お盆とは、不思議な行事だね。本来の仏教にはないよ。多分に日本的で独特だ。でも、いいね」

磯部は月影の中でほっそりと笑った。

「何をしに来たの？」

努めて意識しないいつもりだったが、少し挑戦的になったかもしれない。

やはり、磯部桃李は観月を揺する。

「おや？　この間、Jボーイに託したはずだけど」

〈再見〉

〈近々、日本に行くよ〉

海を渡った面々の晴れがましい写真と、そんな文字。

「茶化すと投げ飛ばすわよ」

「おっと。それは勘弁だ」

磯部は身体の前に掌《てのひら》を集めて振った。

道化のしぐさの無邪気さ。

いや、そんなものに、騙《だま》されてなどやるものか。

「でも、茶化すわけでも嘘でもないよ。ははっ。モデルさんみたいなオバちゃんか。うっかり笑ってしまった。今でも笑える」

「――うわ」

帰省の際の若宮八幡宮の境内、紀州太鼓を断った少年。

あのとき聞こえた忍び笑いは、やはり風のざわめきではなかった。

「聞いたの？」

「見てたから」

磯部は肩をすくめた。

「本当のことを言えば、他にも用事はあってね。まあ、いくつかのビジネスも、ね」

「ビジネス？　ビジネスって、また誰かを奪い去るの？」

磯部は笑って首を緩く左右に振った。

「違う違う。ははっ。どうにも悪いイメージを持たれたものだ」

「じゃあ、何？」

「そう。そうだね。まずはＩＲ関連のハンドリング、かな」

「ＩＲ？　カジノ？」

「そう。上海、マカオ、シンガポールは、そもそも僕のテリトリーだ。嘘じゃないよ。

――でもね、そんなビジネスは今回に限り、一番じゃない。僕には、他にも大事なことがある」

言いながら磯部は観月に寄った。

咽《むせ》るほどに、杏仁《あんにん》の匂いが強かった。

「これを、君に」

内ポケットから取り出した何かを差し出す。

ほぼ白髪の、人毛のひと束だ。

「関口徳衛《とくえい》さんの遺髪だ」

「えっ」

関口徳衛、関口の爺ちゃんの髪。

虚を突かれた感じだ。

なにも出来なかった。

手が震えた。

強引に持ち上げ、受け取った。

それが、精一杯だった。

「お盆に帰ることが、いや、返すことができた。関口徳衛さんを、日本に」

磯部は満足げに頷いた。

きっと、正しいこと、本当のことを言っているのだと思う。

(この人は、私に嘘はつかない)

それは今でも腑《ふ》に落ちる、信じられる。

けれど、嘘はつかないが、本心も口にしない。

きっと、正しいことの裏側、本当のことの底は、闇の中だ。

爺ちゃんのことを盾に取り、それで観月の心を揺すって、何かを封じる、あるいは牛《ぎゅう》耳《じ》る。

無性に腹が立った。

「爺ちゃんの満足? あなたのでしょ」

「そうかもしれない。でも、それでもいい。僕の中ではイコールだ」

さて、と磯部は観月に背を向けた。

杏仁の匂いが薄れてゆく。

待って、とは言えなかった。月影に浮かび闇に向かう磯部を見詰めれば、耳に純也の言葉が蘇《よみがえ》った。

〈お前は、本当の闇を知らない〉

磯部が向かう公園の外に、盆提灯《ぼんぢょうちん》の光が見えた。

少年を先頭に浴衣の男性と、老爺《ろうや》の三人だった。

近くに累代の墓でもあるものか。

少なくとも盆提灯なら、送り火で間違いはないだろう。

磯部の姿はもう見えなかった。気配も消えていた。

「今預かったってさ」

関口の爺ちゃんの遺髪を握り締める。

「お盆に返すことが出来た？　冗談じゃない。やっぱり、あなたは外国人だわ。日本人の機微を知らないもの。お盆は今日で終わりだし、第一」

磯部の消えた闇に顔を向ける。

「ここは、和歌山の有本じゃない。紀ノ川は流れないし、和歌浦の煌《きら》めきも潮の匂いもない。ここは、爺ちゃんの帰るべき場所じゃないのよ」

闇を無邪気な子供が揺らす、盆提灯が横切った。

四

お盆の週も後半に入った、その金曜日だった。

観月は通常業務として登庁し、監察官室にいた。

シフトでは牧瀬と馬場がブルー・ボックスに揃《そろ》い、時田が夏季休暇中だった。横内もちょうど今で、どちらも順調に休暇をこなしていた。

あとは森島と松川と、いつになるかわからない観月だけだった。

おそらくこのまま九月に突入して、ＫＯＢＩＸ和歌山製鉄所の火入れセレモニーまで一直線のような、そんな覚悟は観月の中にうっすらとあった。

この日の夕方、案件を抱えた森島から連絡があった。

——整いました。

抑えて短いが、硬い意志を秘めたいい声だった。

森島は松川と組んで板橋署の刑事課や生安課も巻き込み、同署組対課の江川という中年刑事を追っていた。

「あら、そう」

——江川の奴、〈トレーダ〉気取りでオークションを開くって話です。話が広く散りゃあ、落ち穂拾いも出来るってもんで。上手く繋いで集められました。

「で、どうするの」

オークション、開かせますと森島は即答した。

――取り敢えず調べた限りで言えば、商品構成は大した出物《でもの》も数もないはずなんで、大商いにはならないはずです。小者の小商い。ま、そんな〈蚤の市《のみ》〉だから洩《も》れるってのもあるんでしょうが。

「そこで売りも買いも、か。細工は流々仕上げをってわけね」

――そういうことになりますかね。まあ、一網打尽の段取りはいいんすけど。

森島の語尾が、少し吐息に潜り込んだ気がした。

「あら、歯切れが悪いわね。何？」

――いえ、何ってこともないんですが。

「だから、何？」

潜り込んだ語尾を、逆に強く言い切ることで引っ張り上げる。

些細な気掛かりも気後《きおく》れも見逃せば、大事故にも大事件にもなることがあるのだ。

部下の気を引き締めも緩めもするのは、上司の務めだ。

――すいません。あの、こっちも出動ってことで。

「えっ。ああ。手伝えって？」

——そうなります。板橋署の生安の、ああ、手伝ってもらった例の同期がですね、同僚を嵌《は》めるのはさすがに寝覚めが悪いってんで、持ってきたのはお前ら監察だろう、最後まで付き合えって。

そう言われることも無いではない。むしろ、QASの後は頻繁と言ってよかった。

もともと監察の実行部隊には、公安部上がりの猛者が揃っている。相手先が監察そのものに非協力的なときさえある。動いてくれるだけ有り難い。

「仕方ないか。じゃあ、一人でも多い方がいいわよね。牧瀬係長を作業班にぶっ込んでおくわ」

——助かります。係長なら十人力ですよ。お願いします。

「なんだ、十人力か。それくらい？　少ないわね。じゃあ、私も出しゃばろうかな」

——えっ。

「そしたら、何人力になる？」

——何人って。百人、じゃ利かないでしょうね。っていうか、一人力っていうか、一人だけでも十分じゃないっすか？

森島は電話口の向こうで、吹くようにかすかに笑った。

それから観月は、森島から大まかな作業について聞いた。

「だいたいわかった。詳細はメールで頂戴。ああ、係長にもCCで。ただ一応、形だけでも通達してからにして欲しいから今日中、夜でいいわ」

――了解です。

八時頃には送ります、と言って森島は電話を切ろうとした。

ふと思いつくことがあった。

「あっと、森島さん」

――はい？

「何事も前向きにね。後ろを見てると、転ぶわよ」

――そうっすね。大丈夫です。有り難うございます。

先程の笑いといい、今の声に聞く張りといい、上々だ。

「わかってもらえたのなら保険にもう一人、当日臨場させようかしら。これこそ、転ばぬ先の杖ね」

――なんか、大盤振る舞いですね。誰でしょう。

「それはまた後で。こっちこそ、本人のスケジュールを聞いてみないとなんとも言えないから」

――わかりました。じゃあ、その辺もまとめて八時の遣り取りで。

と、森島との電話はこれで終了したが、携帯はそのまま仕舞われることはなかった。

さぁて、と観月は別の人間をコールした。少し急ぎ気味でもある。

先程の思い付きは、大いに貸しのある人間を思い出したというかこれは、宝生聡子から五条国光に刺す釘《くぎ》として頼まれたことを忘れていたことを思い出した、ということと同時でありまったく重なった。

呼び出し音は短かった。

すぐに繋がった。

――はい。東堂です。

張りのある声は、電話を通しても驚くほどに伸びやかだ。

電話の相手は当然、組対特捜の東堂絆だった。

「手を貸して欲しいんだけど」

端的に言った。

――はい？

よく聞こえなかったようだ。

たしかに、東堂の背後がやけにうるさかった。

「手を貸してって言ってんの」

それで、少し声が大きくなった。

離れてはいるが対面の席で、デスクに向かって執務中の手代木が一瞬顔を上げた。

弁解も面倒なので気づかなかったことにして何気なく椅子を回し、窓の外に空を見上げた。

まだまだ陽射したっぷりの夏空が広がっていた。

――あ、助っ人ですか。いいですけど、今日の今日はさすがに。

「そんなすぐじゃないけど」

――えっ？

「ねえ東堂君。君、今どこにいるの？　後ろで鳴いてるそれって、カモメ？」

――はい。七尾《ななお》です。石川の。

「石川？」

石川県七尾市は能登《のと》地方の中心で名の通りの七尾湾に面し、遊漁船が出ていた。観月の記憶がたしかなら、湾内で野生のバンドウイルカの親子が見られるとか、見られないとか。

「もしかして東堂君、夏休み？」

――夏休みかって、管理官。

癪《しゃく》に障ることに、東堂は鼻で笑ったようだった。

――仮に、いいですか、仮にですよ。仮にそんな夏季休暇なんてものが取れたとして、特捜隊所属でのんびり、北陸旅行なんて出来ると思いますか。

考えるまでもないことだった。

「無理よね」

——その前に、俺がそんな休みを取ると。

「ないわね。ゴメン。私が悪かったわ。仕事絡みってことね」

——まあ、自分の口からはなかなか言えませんけど。

どうにも面倒臭い会話になった。

どっちでもいいわ、と切り捨てるのは上級職の、年長者の特権だ。

「話を戻すけど、で、君はそっちの方からいつ帰ってくるの？」

——未定です。一旦戻りますが、多分、すぐに神戸に回る予定ですし。

「なるほどね。じゃあ、私の頼みは簡単に無理って言ってくれちゃうわけ？　あんなに貸したのに？」

——あんなにもこんなにも、管理官に借りた覚えはありませんが。

「うちの係長、牧瀬には借りたわよね」

——ええ。でもそれはバーターで。

「知ってるわ。馬場君を鍛えるって。でも、それが切っ掛けでうちもうちもって色んなとこで始まったのよ。それをたった一回、稽古に連れ出しただけでしょ？　全然足りなくない？」

——いや、それは向こうが音を上げて。いえ、忙しいって。

「えっ？　えっ？　聞こえないんだけど。何か言った？」

不毛な会話の最後に、東堂の溜息はよく聞こえた。

——いえ。

「二十五日の晩。細かいことはメールで」

——了解です。

話を決めて椅子を回す。

手代木がこちらを見ていた。

どちらにしても、決まれば話は通しておかなければならないとは考えていた。

観月は手代木の前に立った。

「聞こえてましたか」

「この部屋に響いた分はな」

「では、ほとんどですね」

「なかなか、いいテンポの交渉だったようだが」

「それって、褒めてますか」

「ん？　ああ、わかりづらいんだったな。褒めている、つもりだ」

「有り難うございます。警察庁の首席よりわかりやすくて助かります」

「そうか。長島さんは回りくどいのか」

「明言は避けておくことにします。ところで監察官」

「なんだ」

「監察官は、週明けから夏季休暇ですよね。一週間」

聞けば手代木は、そうだと言って大きく頷いた。

「警務部は全警視庁職員の模範にならなければならんからな。公安時代には考えもしなかったことだが」

「私の方は、その間の作業になりますので今のうちにご報告を」

言って簡単な内容を告げる。

手代木は何も言わず最後まで聞いて、最後まで聞いても何も言わなかった。

「なので、組対の彼を動かします」

逆に観月の方から付け加えた。

手代木は、そうかと言うだけだった。

「あの」

「なんだ」

「ご感想か何か、ありませんか?」

「別に。よほど雑駁《ざっぱく》でない限り、部下の決めた方針と適材適所に、文句を言う筋合いはないだろう」

手代木はそれで執務に戻った。

観月は頭を下げて自席に向かった。

人の好き嫌い、合う合わないに文句を言う筋合いはないが、

（首席。うちの監察官は、なかなかの人物ですよ）

表情が豊かなら、ここは大いに微笑《ほほえ》む場面だったろうか。

いや、人並みでさえ、あるだけで。

観月は一人、肩を竦《すく》めた。

五

お盆を過ぎれば土用波《どようなみ》も立ち、ひと昔前なら時折、秋を感じる涼やかな風が吹く。場所によっては赤トンボも出始める。

ただ、現代日本においては、ここからが長く続く残暑の時節だった。

日本列島は連日の猛暑が続き、秋の気配など微塵《みじん》もない。

各地のダムが枯渇し掛かっていて、場所によっては取水制限があるかも、とメディアが報じ始めたのがつい三日前だった。

そうでなくてもそろそろ、都会にもお湿りの雨が欲しいところだ。

ゲリラ豪雨だけでは、心身ともに枯渇する。

「そうそう。枯渇するから、ちゃんと補給しないと」

この水曜日、観月は定時で登庁し、監察官室に入っていた。

舟和《ふなわ》本店のあんこ玉を口にする。

有言実行で、登庁後、即補給だ。特に残暑の時期は、何かと体力勝負になる。

本部庁舎内はさすがに、交代で取る夏季休暇からだんだんと人員が戻ってきている感じだった。

仕事柄、活気があるという言葉遣いはおかしいかも知れないが、他に言いようもない。人の生気が集まるだけで、活気は滲《にじ》み出るものだ。

監察官室もご多分に漏れず、ずいぶんと人が帰ってきた。

このところ広く感じていた室内が、やけに狭く感じる。

「だいたい、最初っから狭いのよね」

そんな言葉と、〈京菓子 岬屋《みさきや》〉の水羊羹《みずようかん》を観月は口にした。

やはり夏場は、水菓子が美味い。

時刻は午前十時を回っていたが、仕事的にもそんなことを口にできるだけの余裕が観月にはあった。

人員が戻ると、個々人に掛かる負担は減る。前週までの慌ただしさに比べれば、分担される業務は薄かった。時間的拘束もほぼないに等しい。

だから朝から、観月は貯《た》め込んだ和菓子を堪能していた。

賞味期限は守るべきもので、実は何よりも大事だ。

そもそもここ数日は、監察官室全体の空気が朝から晩まで終始柔らかかった。

なぜなら、今週は頭から手代木監察官がいないからだ。

「今のうちに、パーテーションちょっと広げちゃうって手も有りかな」

「こらこら、小田垣。そんなことをサラッと口にされてもだな。じゃあ、この水羊羹をもらったから見て見ぬ振りを、ってなわけにはいかんぞ」

空いている牧瀬の席で、露口参事官が口をもごつかせながらそう言った。

二個目の水羊羹を食べた後だった。

ちなみに、〈京菓子 岬屋〉の水羊羹は棹《さお》でしか売っていない。

露口の二個目は、棹を八等分にした二個目、であり、観月が口にするのはそのままの棹だった。

いわゆる、一本食いというやつだ。

月曜から手代木は休みだったが、すでに夏季休暇を終えていた露口は通常勤務で、執務室に出ていた。

いたというか、月曜から毎日十時と三時になると必ず観月の前に顔を出し、和菓子を狙った。

　この日もまた、三時にはもう一回現れるだろう。

　露口の場合は、特に手代木の在不在が関係しているということはないはずだ。苦手とか忖度《そんたく》とか、そんなものと露口は地位的にも性格的にも対極に位置する存在だ。

　おそらく全体的に休み明け始動で、警務部というか人事一課というか、とにかく露口自身が業務的に割り合い暇な時期、ということなのかもしれない。

　それにしても、来すぎの気もするが。

　観月は、切子のグラスに水出しの冷茶を注いだ。

「水羊羹でバーターなんて、そこまでみみっちいつもりはありませんが。――参事官。お茶をどうぞ」

「おお。すまんな」

　露口は観月の勧める茶を飲んだ。

「うん。やっぱり和菓子には茶だな。それも濃い茶がいいな」

「ご満足いただけましたようで」

「そうだな。ここには色々と揃っているからな。――君らは食べんのか？」

　露口は、自分の席にいた横内と久留米に向けて言った。

「いえ。自分らは」

横内は苦笑いで首を横に振った。久留米も同様だ。

二人は朝礼時に、あんこ玉を三つずつ口にしていた。

もっと食べればいいのにといつも思うが、観月の部下たちはとにかく、甘い物には遠慮がちだ。

この日、観月の担当班で庁内にいるのはこの横内と久留米の二人だけだった。

森島と松川は案件の仕上げに動いていて、時田はブルー・ボックスに向かわせた。往時ほどではないが、お盆休暇明けは搬入の品物がずいぶん増えているようだった。

基本として、ＱＡＳの余波が静まり、すべてが落ち着いてきさえすれば、牧瀬班は全員でブルー・ボックス専従というのが観月の腹積もりだった。

長官官房の長島もこのことは間違いなく了解済みで、だからゲートやら監察室分室の備品やらの予算を、どこからか捻出してくれるのだ。

「それはそうと、小田垣」

露口が磨かれた銀縁眼鏡の奥から、真っ直ぐに観月を見ていた。

こういうときは、危ない。

「お前、休みがまだだったな」

「えっ。まあ」

「休暇の申請すら、まだだな」

「いかんな。あの手代木君ですら、嫌々だか渋々だか知らんが、一週間の休暇に入った。直属のお前が、予定さえないというのはどういうことだ」

「はあ」

やはり来たか、という感じだ。

愚直に観月のことを気に掛けてくれるからだとはわかるが、放っておくと露口の言葉は説教にまでエスカレートする。

そうして有り難くも、少しだけ面倒で、納得は決して出来ない話になる。

「申し訳ありません。なかなか仕事全体の流れがつかめなくて」

「だからそれは、部下を上手く使えといつも言っているだろうが。それが管理官の手腕で、その前にお前は女の子なんだぞ」

「まあ、その辺の階級や性別は、たしかに仰《おつしや》る通りですが」

「警視庁はな、いや、少なくとも私にはな。和歌山のご両親から、大事な一人娘を預かっているという責任がある」

「それはもう、参事官の口から何度も聞いてますから」

危ないことをするな、余計なことに首を突っ込むな、と露口の話は大体そちらに行きついて収束する。

「わかっていると？　いいや、わかっていないだろう。わかっているならさっさと休暇を取れ。それで、海でも山でもいい。バカンスに行け」

「――はぁ？」

意表を突かれた。真顔で素っ頓狂な声を出すな。ビックリする」

「こら。真顔で素っ頓狂な声を出すな。ビックリする」

「い、いえ。すいません。でもバカンスって――」

「出会いだ。季節外れの海に行ってもクラゲしかおらんぞ。同じように、山に行っても熊が出るぞ。人が休む季節に休んでこその出会いなのだ。有効求人倍率が三倍を下回るとロクなのが雇えないというが、それと同じ理屈の裏返しだ。人さえ多ければ、お前なら選《よ》り取り見取り、引く手あまたの筈《はず》だぞ。なんたって、お前はこうシュッとしていて、見てくれにまったく問題はないのだから。本性がどうだかは、その後の話だ」

近くで横内が噴き出した。

久留米は下を向いていたが、肩は震えていた。

「今ならまだ、太陽の季節だ。小田垣」

「いや、太陽って、そんな昭和なこと言われても」

さて、どうかわすか。

と、天佑神助《てんゆうしんじょ》な電話が掛かってきたのはそのときだった。

ただし当然、神仏からではない。

牧瀬からだった。

「ああ。もしもし。係長？」

ことさらに声を大きくする。

露口は即座に反応して口を結んだ。

弁《わきま》えるべきときは、しっかりと弁える。

露口が能吏《のうり》であることは間違いない。

——あの、管理官。こっちにお客さんが来てますが。

「えっ。お客？」

——はい。例の、大阪からの二人のようですが。

「うわっ。いきなりね」

——ああ。やっぱりそういうことですか。とにかく、こっちはそういうシフトに組んでないんで、お願い出来ますか。

「了解」

電話を切る。

「なんだ。ブルー・ボックスに視察・研修の二人が来たのか？」

と言いながら、露口は三個目の水羊羹に手を伸ばした。

「正解です」

観月は携帯から、長島の公的な方の携帯番号を呼び出した。確認と、〈文句の一つ〉の両方の意味合いがあっての連絡のつもりだったが、

「あら」

長島の携帯は電源が入っていないようで繋がらなかった。

「ふうん」

それで、長官官房に連絡を入れてみた。

なんでも、長島はこの前日から四日間の夏季休暇に突入したということだった。土日をくっ付けた六連休だ。

珍しいと言えた。匪石《ひせき》にして、ファミリー孝行か。

もっとも、そんなことは目の前で三つ目の水羊羹を食べている露口には言えない。気《け》取《ど》られてもならない。

〈ほら見ろ。あの首席監察官だって休むんだぞ。普通は休むんだ。誰だって休むんだ。お前だけだ。今すぐ申請を出せ。太陽の季節だ。バカンスだ〉

当たらずとも遠くない、そんな言葉が口を衝《つ》いて出てくるだろう。

だから、長島からエマージェンシー用の番号やアカウントは教えてもらっているが、今回は使わない。

観月が対応すればいいだけの話だ。

長島ファミリーの団欒《だんらん》をぶち壊さなければならないほどの内容ではなく、露口の説教モードをハイパーに格上げしても、観月が馬鹿を見るだけだろう。

ただ――。

水羊羹の匙《さじ》をくわえて、じっと露口が見ていた。

成り行きを興味を持って、横内と久留米も見守っていた。

「ええっと」

ここは、話題を逸《そ》らす一手だ。

「参事官。いかがです。一緒にブルー・ボックス、行きませんか」

「ん？　おお。それはいい考えだ。そういえば私は初めてだからな」

露口は大いに乗り気だった。

「あなたたちも来る？」

横内も久留米も、ほぼ同時に首を縦に振った。

六

取り敢えず、どんなときでもお茶を出してお茶を濁す。

牧瀬は常日頃からの観月の〈訓示〉を忠実に守り、中二階の応接セットに座る大阪からの二人に対した。

高橋は若い部下の二人と一緒に搬入のために一階に降りたきり、上がってくる暇もないほど忙しいようだった。それで時田と馬場に二階を預け、牧瀬が朝から中二階に降りてきていた。

そんなところへ、表の守衛詰所から二階を経由して、中二階のインターホンに連絡が回って来た。

記録された時刻としては、正確には九時五十分と、十時十二分だった。

「大阪府警の方が、担当責任者との面会を要望されてますが」

と、ほぼまったく同じような内容の連絡が二回だった。

この日だと聞いていたわけではなかったが、身分証からなにから正規正式なものだったので、取り敢えず警備詰め所には許可を出した。

中二階まで通して聞く話によれば、前日中にそれぞれで上京し、この日もそれぞれに来たようだ。

宿も別々だと、先の九時五十分に来た男は言った。

「そりゃ係長はん。まさかシテーホテルなんて、所轄の係長にはよう泊まれしませんわ。カレーおばちゃんのホテルで十分や。それもな、ターミナルの駅前とかのええとこやないで。ちょっと離れた安いとこをな、ちゃんと探してまんのや。ああっと、けどな、出張費浮かせてポッポに入れようなんて料簡《りようけん》ちゃいまっせ。そもそも経理が渋チンで、雀《すずめ》の涙しか出てませんのや」

それが敷島五郎という、五十三歳の警部補だった。

陽気な関西弁の、いい意味でオッサンだが、名刺によれば大阪府警住之江《すみのえ》署の、刑事組織犯罪対策課の庶務係長らしい。

「はあ。なんやらごっつ厳《いか》ついモニターの行列でんなあ。えっ。デュアロ、デュアルレロ、ルディスプレイのクオ、クアッドモニターちゅうんでっか。なんか舌嚙《か》みそうや。ってぇか、ちょっと嚙んだわ。ほえぇっ。一台が五十五インチも。たしかにでかいわ。これくらいでかいと、何見ても老眼には優しやなあ。で、係長はん。この機械って全部で一体なんぼなん？」

ガラガラとした声でよくしゃべる男だったが、そのままに受け取っていいかどうかは、牧瀬の見るところ保留だった。実はなかなかの、狸《たぬき》かもしれない。

そうこうしているうちに、十時十分を過ぎてやってきたのが、敷島の隣に座る木村勝也という警部だった。

こちらは中二階に入ってきたとき、

「へぇ」

と、かすかに感嘆したが、それきりだ。大して動じない。

間違いなく、こちらが今回の視察・研修のメインだと頷けた。

木村は二十九歳の若さで、すでに大阪府警総務部総務課の公安委員会事務担当室長だという。

D志社大の建築学科というのも納得だ。どちらかと言えば木村が視線を向けたのは、セキュリティにおけるPCの群れより、眼下に広がるマシナリーな一階の光景だった。

木村が国家公務員一般職試験合格、いわゆる準キャリアだと、牧瀬は観月から聞いていた。

だからか、という見方は先入観の産物かもしれないが、木村は寡黙というか、あまり自身から寄ってこないタイプの男のようだった。

穿《うが》った見方をすれば、良くも悪くも〈キャリア様〉の典型に見えなくもない。

（いや、でも、あれか）

隣の敷島がよくしゃべる分、そのせいで少し木村が暗く感じられるということかもしれない。

二杯目のお茶を出し、とらやの残月《ざんげつ》を出す。高橋らのお茶菓子用にと、この朝ちょうど十八個入りひと箱を下ろしたばかりだった。

残月は硬めの皮と生姜《しょうが》の風味が効いたこし餡の焼き菓子で、たしかに牧瀬も美味いと思う。

まあ、一つ二つ食う分には、の話だが。

「おや。とらやでっか。こらぁ嬉しいやないか。とらやて言うたら、御所御用の菓子司やで。〈お・も・て・な・し〉でっか。ええ、係長はん」

「おや。よくご存じですね」

「そらそや。私、生まれは京都でして。端っこやけどな。だもんで、昔からごっつう甘い物好きやで」

「ええっと。そこに因果関係は？」

「まあ、特にはあらしませんな」

「……なるほど」

不毛そうなので木村に顔を移す。

「では、木村室長は、甘い物は？」

「特には」

どちらも不毛そうなので、場持ちのために牧瀬も一つ、残月を齧《かじ》った。

一つ二つは、やはり美味い。

などとやっていると、館内通話用の壁付けインターホンが鳴った。牧瀬がスイッチを押した。

——係長。御一行様、到着でぇす。

すぐに、二階にいる馬場の声が室内に響いた。

館内通話はスイッチ一つで、双方向通話が可能になる。

「了解」

「おっ。ようやっと、小田垣警視のご到着でっか」

牧瀬の脇で敷島が言った。

「係長はん。聞いてまっせ。アイス・クイーン。和歌山のお子とか」

なるほど。最低限の情報は叩き込んできたようだ。

もっとも、情報は生き物で、過去と未来を今現在で繋ぐものでしかない。

「糊《のり》よ。糊。えっ。ハブ？　ダメダメ。格好つけても、糊は糊」

と、たしか酔って、いや、いい感じに呑んだときの観月がそんなことを言っていた。

やがて待つほどもなく、どやどやとした一行が中二階のキャットウォークに姿を現した。

「うわっ」

思わず牧瀬が声を発したのは、なぜか露口参事官までがいたからだ。

及び腰で、片手で手摺《てす》りにつかまり、片手で耳を押さえている。

下が見える高所は怖くて、でかい音に耳が痛い、のだろう。わかりやすい。

まず、観月が先頭でドアを開けた。

「横内係長。後ろよろしく。でも間を開けると、ドア閉まっちゃうわよ」

背後にそんな声を掛け、入ってくる。

そのまま真っ直ぐ、観月は応接方面を見据えた。

「ずいぶん、急だわね」

かすかに目を細め、挨拶の前にまずそんな文句を口にした。

表情に乏しい、かどうかはこの際関係なく、この場の責任者として実に堂々として見えた。正しくもある。

さすがにアイス・クイーンだと、改めて牧瀬は認識した。

牧瀬の脇から、ひょこひょこと敷島が前に出た。

「こら、可愛《かわい》らし管理官でんなあ」

率先して手を差し出す。

「敷島ですわ。住之江署の刑事組対課で、庶務係長やっとります」

よろしゅうに、と言う直前に観月がその手を握り、言い終わる前に放した。

「よろしく。敷島さん」

なかなかの呼吸の妙だ。

見ていて牧瀬は、なぜか楽しかった。

いや、違う。

誰にも負けない上司は、誇らしい。

観月の背後から横内が入ってきた。その後ろに、柱の陰で見えないが、おそらく露口の手を引く久留米が控えている。

「まったく。参事官。閉まりますよぉ」

首を背後に曲げて横内が言った。

――行くっ。今行くっ。

気合の露口の答えを受け、

「どしぇぇっ」

何かが潰れたような声を上げたのは敷島だった。

「警務部の参事官て言うたらあなた、警視長はんやあらしませんか。あらぁ、初めてこんな身近でお会いしましたわ」

などとは誰に言っているのかわからなかったが、露口が入ってくる前から腰を折り、入って初めて顔を上げた。

「敷島です。住之江署の刑事組対課で、庶務係長やっとります」

先と同じ挨拶で手を差し伸べるが、言葉も動作も少しだけ堅かったか。

さすがに、警視長を前にすると敷島も緊張はするようだ。

「お、ああ。どうもどうも。警務部の露口です」

呆気《あっけ》に取られ気味の露口が手を握った。

いつの間にか、木村も露口には自分から寄っていった。

しかし言葉は、

「お久し振りです」

だった。

「ん？」

一瞬怪訝《けげん》な顔をしたが、おお、君かとすぐに思い当たったようだ。

敷島が、露口と木村を交互に見た。

「なんや。室長。お知り合いでっか」

「小さいときに」

ボソリと言う木村の言葉に、露口はうんうんと頷いた。

慈父の目だった。そもそも露口は情の強《こわ》い、優しい男だ。

「勝也君のお父上には、私は未熟な後輩としてずいぶんお世話になった。どうかね。お父上は、ご息災でおられるかな」

木村は肩を竦めた。

「相変わらず、偉そうにして生きてます」

と、ひと通りの挨拶はここまでだった。

人数が多いので、横内と久留米は観月の指示で二階の分室へ上がった。

代わりに自己紹介も兼ね、馬場が下りてきた。

それで、中二階では露口をソファの中心に置き、緑茶ととらやの残月で暫時の語らいになった。

七

「知ってまっか。あれはそう、たしか五年前やったかな。大阪でもな、その名もズバリの、『証拠品管理センター』ちゅうのん、作りましたんやで。せやさかい、大阪の方の動き出しは、実はブルー・ボックスより早かったんでっせ。こう、浪速区《なにわ》のな、府の未利用施設借りてな。一八〇〇平米《へいべい》はあったんやないかな。そこへ、半年以上経過した証拠品、どんどん移管しましたんや」

もっとも、聞こえる声の大半は敷島の関西弁になった。

ここまでに残月二個と緑茶を一杯。飲みながら食いながら、器用なものだ。

ただ、観月は黙って聞いたまま残月七個目だった。

(足りねえよな)

ということで二階の横内に内線で、牧瀬は十八個入りもうひと箱を頼んだ。

「なら、別に出張費使ってまで見に来なくてもいいじゃない」

観月が言った。

それにしても別段、話に興味を持って参加しようと思ったわけではないだろう。タイミングで牧瀬にはわかった。単に、口にする残月がなくなったからに違いない。

「そこや」

敷島は、食い掛けの残月を持った手を突き出した。

「管理官。そこなんですわ」

「どこよ」

「今話しとった浪速の、証拠品管理センターに決まっとりますがな。これな、まあ関西らしいって言いますかな。値切りに値切って結果、一階しか借りしませんかったんや。そしたらな、瞬殺や」

「瞬殺？」

「一瞬で八割埋まりましたんや。後の祭りっちゅうもんでな。府ももう臍《へそ》曲げてて、なんぼ頼んでも上の階、よう貸しよりません。で、この後はセンターとはまた別に、性懲《しょうこ》りもなく安いとこ安いとこ探して転々や。どこにどこの何があるかも、もうようわからしませんでな」

「ふうん」

横内によって新しく運ばれた残月を口にし、やはり観月はそれで黙った。なんとなく馬鹿らしくなって、牧瀬も残月を口にした。

今日、二つ目だ。

「ブルー・ボックスの稼働もでんな、いいプレッシャーになったんと違いまっか。ここにきてっちゅうかこの期に及んで、ようやっと上層部も、腹ぁ括《くく》ったみたいですわ。そんで、府警の計画もですな、ズバリで言えば、咲洲、夢洲、舞洲《まいしま》の、この大阪北港の人工島のどっかで決まりや。オリンピック招致には失敗しましたけどやな、大阪は府も市も挙げて、万博やらIR構想やらにえらい積極的やし。いずれ、どれかのなんらかは絶対やりまっせ。大阪人っちゅうのんはあれや、どこよりも逞しいさかい」

と、敷島は胸を張って、残月の四個目を食った。

「人工島は、近くにはUSJもあるしやな。ただ、これで万博はまだしも、IRでも決まった日にはやな、経産省や国交省がグルんなって、警察の頭越しにこう、ポーンとしゃしゃり出てくるかもしれんやないですか。その前に大阪阪ブルー・ボックスでな、土地も人員も流通も確保して、一帯に縄張り敷いとかなってのが警察庁と府警上層部の腹積もりみたいですわ。んで、公安委員会の意を含んだ木村室長のな、手足になるべく、私は住之江署の総意を背負って下ってきましたんや」

「おや。それはどういうことかね」

露口も残月の三個目を口に運び、暫時思案してハタと膝を打った。

「ああ。実権の引き合いか。たしか咲洲には府警第二方面本部があったな。と、いうことは、あそこは住之江警察署の管轄だったかな。他は此花《このはな》区で」

「せや。夢洲や舞洲は此花署の管轄ですわ。さっすがに警視長はんや、すっぱりの切れっ切れですな。わはは」

「それほどでも。わはは」

「せやさかい」

この視察、譲るわけにはいかんかったんです、と敷島は燃える目で拳を握った。

と――。

残月の二箱目が空《から》になった。

「あら、空ね。ねえ、係長さん。別のも食べる？　それとも同じ物？」

うぷっ、と言う声と、バタバタと振る手がまず答えになった。

「どっちも結構ですわ。これ以上食うたら、身体中からなんやしらん、色んなもんがドバっと出そうやし」

「そう。遠慮しなくていいのに。でも、そうね」

観月は自分の緑茶を飲み干した。

「じゃ、いいかしら。ずっとここにいるのも高橋係長に迷惑だし」

手を叩きながら観月が立ち、露口らも交えて大阪の二人に二階を見学させる段になった。

牧瀬は今回は動かない。一階に大型の搬入が続き、誰も上がってくるシフトにならなかったからだ。

「ああ。じゃあ、係長」

動こうとして、ふと観月が牧瀬に顔を向けた。

「この人たちの歓迎会は、今週の金曜日かしらね」

「おっとっと。金曜でっか」

敷島が何か口を挟み掛けたが、その前に牧瀬が慌てて首を振った。

諸事情によって、金曜日は駄目だ。いいわけはない。

「いや、管理官。それって、明後日のことですよ。まずいでしょう。しなきゃならないことがあるじゃないですか」

「えっ。――あ、そっか。別に私は構わないけど」

「普通は構います。怪我する可能性や、怪我じゃ済まない可能性だってあるんですよ。普通は」

「なによそれ。あんまり普通は普通はって言わないでよ。お客さんの前よ」

「普通じゃないことを言うからです。お客さんの前で」

「なんや。小難しい話でっか」

ちょうど馬場の後ろから、敷島が会話を割るように聞いてきた。

「いえ。別に」

牧瀬は言葉を濁した。

「おや？　怪しいでんな」

敷島の目が光った。

同業者とはいっても、いや、同業者だからこそわかる。

ふとした挙動を〈勘繰《かんぐ》る〉のは刑事の性《さが》で、出来る刑事の証だ。

牧瀬は特に、それ以上何も言葉を足さなかった。無理に足しても、粗が目立つようになるだけだからだ。

敷島は、すぐ前に立つ馬場の肩に手を置いた。

「馬場ちゃん。なんやろなあ」

素早いことに、すでに馬場にはちゃん付けだ。人心掌握術にも、敷島は相当長《た》けているようだ。

「さあ。なんでしょうねえ」

「おや。馬場ちゃんまでムニャムニャするってことは、ははあ、あれでんな。なんかの作業、監察業務でっか」

ビンゴ、と言ってやりたいほど、なかなか鋭い。やはり食えない。

「ま、いいじゃないですか。敷島さん。シゴトの話です。職業病はわかりますが、その辺で勘弁してもらえませんか」

監察室本来の作業は、イコール、警視庁の恥部を穿《ほじく》る作業だ。あまり他者に、しかも、遠くて近いライバルのような、大阪府警の警官にまで吹聴《ふいちょう》するようなものでもない。

「ふうん。なぁんか楽しそうやけど、お預けでっか」

小田垣早くしろ開けろ、と、先にキャットウォークに出ていた露口から悲鳴のような声が聞こえた。

「はいはい」

割って入るように観月が手を上げた。

「まあいいわ。じゃあ、一日ずらして土曜日にでも」

「あ、そやそや。そもそもの話やった。あのなあ」

今度は敷島が手を上げた。

「金曜もでっけど、土、日も勘弁してもらえまへんか。私も、こっちの昔馴染みと会う約束がありましてな」

「あら」

「ははっ。東京なんて滅多に来られしませんもんでね。ここぞとばかりに、あれもこれもとな。どうしても、元を取らんと、と思ってまうんですわ」

敷島は上げた手のままに頭を掻いた。

「色々考えてもろて悪いんでっけど、ま、大阪者の性根で詰め込んでましてな、動かせんのですわ。すんまへん」

「そう。なら、来週ね。——あら?」

観月が一瞬、目を泳がせた。

「でも、あなたたちの視察ってたしか、今月一杯の予定だったわよね」

「はあ。さいですな」

「来週だとなんか、もう歓迎会と送別会が一緒みたいになっちゃうけど」

「結構でっせ」

敷島は大きく頷いた。

「そもそも昔からそないなもんは、一緒くたにして歓送迎会って言いまっしゃろ。ねえ、木村室長」

振られた木村は、果たしてちゃんと聞いていたかどうか。見下ろすように一階に向けていた顔を上げ、

「なんでもいい。二回は面倒やし」

とだけ言った。

「決まりね」

受けて観月は軽く手を叩いた。木村も頷く。

「馬場君、任せるわ。お二人とよく擦り合わせて、手配よろしく」

「了解でぇす」

馬場が敬礼で反応する。

小田垣っ、とまたキャットウォークから露口の声が飛んできた。

「今行きますって」

ドアに歩きかけ、やおら、観月が大阪の二人を振り返った。

「そうそう。言ってなかったわね」

眉尻を揉《も》んでから口角を上げ、ゆっくりと左右に両手を広げる。

「木村室長。敷島係長。ようこそ。ブルー・ボックスへ。私の城へ」

凜として張る声だった。

耳触りはいい。

声としては。

「うん」

誰もなんの反応もしなかったが、とにかくその宣言で本人の気は済んだようだった。

「じゃ」

観月は、露口たちを追って出て行った。

続こうとして、敷島が牧瀬の傍《そば》で足を止めた。

怪訝な顔だった。

「係長はん。つかぬことをお伺いしまっけどなあ」

「なんでしょう」

「さっきの管理官のあれ、もしかして、笑顔っちゅうやつでっか?」

「そうですよ」

答えれば、

「なんや。聞いてはおったけど――」

けったいやなあ、と中二階を離れながら、敷島はたしかにそんなことを呟いたようだった。

第四章

一

二十五日、金曜日の深夜だった。もうすぐ日付が変わる頃だ。

この夜、観月が立つのは葛飾《かつしか》の、岩槻橋《いわつきばし》の近くだった。付近には花菖蒲《はなしょうぶ》で有名な水元《みずもと》公園がある。

他に近くにいるのは牧瀬と松川、珍しいところではブルー・ボックスの中二階から高橋と、部下の一人が同行していた。

――警察官たるもの、現場を忘れちゃだめよ。特に証拠品や押収品は、そんな現場の賜《たま》物《もの》なんだから。

ということで、過激なOJTに引っ張り出すため、観月が二人の上司である勝呂刑事総務課長に掛け合った。

「お前がブルー・ボックスに行くときから、俺は勝手にしろと言った。お前が君臨する以上、これは言質《げんち》だろう。好きなようにすればいいじゃないか」

と、勝呂からは諦めのような許可をもらった。

そして、特別にもう一人。

東堂絆。

この場所で一時間前に合流した組対特捜の雄《ゆう》は、少し離れたところで、夜空を見上げて立っていた。

「いい晩ですね。すべてが静かです」

東堂が淡々と言った。

誰しもが多少なりと緊張していた。

その誰しもの緊張を解《ほぐ》すに足る、いい声だった。

「そうね。ちょっと暗いけど」

観月も腰に手を当て、空に目をやった。

三日月の頃だ。深夜ともなれば、月は沈み切って空にはない。

人によっては真闇と、そう言っても過言ではない夜だった。

昼間に強かった風も、この場所に到着したときには絶えていた。

かすかな声が、牧瀬の装着したインカムから漏れ聞こえてきた。

そのくらい、静かだった。

「はい。了解」

インカムに手を当て、牧瀬が答えた。

「モリさんからで、もうそろそろだそうです」

通信を終えた牧瀬が、一同を見渡しつつ言った。

「そう」

観月は軽く頷き、前方を見据えた。

その場から五十メートルほど道を上った右方には、夜に浮かぶような廃工場のシルエットがあった。

かなり大きな工場だ。

かつては、マシナリーの業界では世界最大級の展示見本市『JIMTOF《ジムトフ》』にも出展するような、大型工作機械を試作製作する会社の持ち物だったらしい。

高台に位置する工場は、裏手が坂を転がるような急階段になっている以外、左右正面共に平地が開けていた。手前には今にも潰れそうなバラックがあり、奥には民家が立ち並んでいる。

大型のトレーラーも出入りしたようで、前面に開けた駐車場も工場の規模に比例するように広かった。

ただ、今となっては周囲のフェンスこそしっかりしていたが、地面はアスファルトがところどころでひび割れ、野草が顔を出していた。往時の威勢は見る影もない。

「じゃ、係長。今から合流するって言っといて。高橋係長、遅れないように」

頷く高橋、インカムを操作する牧瀬を尻目に、観月は滑るように動き出した。

廃工場の周りには広く取り囲むようにして、この晩のメインとなる作業班が展開している手筈《てはず》だった。

狙う江川が勤務する板橋署の刑事課と、この地域を管轄する亀有《かめあり》署の合同チームだ。総勢十二人と観月は聞いていた。森島はそちらに入っている。

注意深く進行し、工場フェンス脇のバラックに入った。

森島と、合同チームの責任者がいた。野口《のぐち》という板橋署刑事課の係長だ。

「駐車場に見張り兼案内が二人。倉庫内に、江川本人を入れて十一人です」

森島が現状を端的に説明し始めた。

観月は聞きながら、窓の隙間から廃工場を垣間見た。

夜に浮かぶようなのは、今夜の取引用に引いた、おそらくレンタルバッテリーからの明かりが煌々《こうこう》と灯《とも》っているからだ。

外の二人と、倉庫内の一人が江川の仲間だと森島は言った。

言われる前から、外の二人は観月の記憶にあった。どちらもＱＡＳで密《ひそ》かに依願退職となった、江東署の元警察官だった。

暇になったところを今回の件で、江川に声を掛けられたらしい。懲りない面々、ということか。

いずれにしろ、つまり簡単な引き算によって工場内は九人が客ということになる。

「ふうん。でもオークションなのよね。それにして――」

「少ないですね」

「えっ」

途中まで口にしたところで、東堂に先を取られた。

いや、剣術で言うところの、後《ご》の先《せん》か。間違っていないところが少々癪に障った。

全員が、答えもなく無言だった。

が、この場合の無言は、異を唱えようもない、という意味合いで間違いないだろう。感じた印象はみな同じということだ。

客が九人は、場末の廃工場に人を集めてまでのオークションという数ではない。

前年、東堂たちが摘発したサンパギータの事件からすれば大人数ということになるのだろうが、そのときはオークション自体が呼び水のようなフェイクだった。

東堂もわかっているからこそ、少ないと口にするのだろう。

観月にしてから、少し肩透かしの感は否めない。

当然のように、もっと大人数を想定していた。三十人を上回っても不思議ではないとも考えていた。

十人は自分で押さえ、十人は牧瀬や森島や合同チームで確保するとして、残りを任せられる転ばぬ先の杖として、組対特捜の東堂に白羽の矢を立てたのだ。

「そうね。まっ、多過ぎるよりはやりやすいけど」

型通りの負け惜しみに、こちらにも誰も特に反応はしなかった。

集まった客は板橋署の野口係長が言うには、一人は管内にある辰門会《しんもんかい》系の三次の若頭で、一人が一匹狼《いっぴきおおかみ》の故買屋らしい。

「後は、今のところ不明ですが」

野口が話しながら、その場に居合わせた全員にPフォンのインカムを配った。

「ま、少ないことの意味は今考えても。取り敢えず取っ捕まえて見ればわかるってことで。それでいいですよね。管理官」

そう呼ばれても、観月は監察室の管理官であって、捜査現場に対する指揮権はない。

野口の言葉は、取り敢えず儀礼に則ったものだと受け取る。

Pフォンとインカムの具合をたしかめ、三十分ほど様子を見たときだった。

時刻は、午前零時を大きく回っていた。

腕時計を一度確認するだけで、野口は躊躇《ためら》わなかった。

――突入。

観月には自分たちの近くだけでなく、民家側や工場の裏手からも湧き上がる、硬質な気配が感じられた。

行動を開始した捜査員のもので間違いないだろう。

観月には人数までは漠然としかわからなかったが、おそらく東堂なら数どころか、気配の強弱まで把握できるに違いない。

それで〈化物〉だと観月は思うが、向こうは向こうで、こちらをそう思っている節があった。

その化物同士で並んで凪となり、駐車場に立つ江東署の元警察官をそれぞれ相手にした。

騒がれると一番、この後の展開が面倒臭くなりそうな二人組だ。

暗黙の了解で、観月は右側だった。

二人組が雑談の中で笑いだした、その瞬間だった。

闇中からライトの下に忽然《こつぜん》と出て、観月は走った。

相手は間違いなく油断していた。

笑いの呼吸から復する間が、一瞬ではあれ、それがすべてだった。

右サイドから観月は男に寄った。

何をする時間も余裕も与えるつもりはなかった。

「てっ」

わずかな一声だけは許した。

掌底を突き上げて口を封じ、体反応として振り上がる両腕から、脇の甘い左腕を押さえた。

こうなればもう、関口流古柔術の手の内だった。

反転しつつ肩に腕の触感を得れば、あとは捻る螺旋《らせん》のイメージの中に巻き込めばよかった。

それで人は、どこまでも壊せた。

ただし、どこまで壊すかは裁量であり、裁量は精神だ。当然観月は警察官であり、殺人鬼でも獣でもない。

逆《さか》しまに宙を飛ぶ男の手を放せば重傷もあり得たが、そこまでの気は観月にはなかった。かえって腕を引き寄せ、落下をコントロールした。

それで男は背中からアスファルトに落ち、息を詰めて気を失った。

それでよかった。

ひと息だけ吐《つ》く。

その間に、見れば左側の男を打ち倒した東堂絆は、もう倉庫内に突入する牧瀬たちに交じっていた。

早業《はやわざ》、というやつだ。

（まったく）

内心で苦笑し、観月も後を追った。

牧瀬も高橋たちも先に入っていた。

工場内は広かったが、それなりに光量があって明るかった。

その明かりで、中央部から面積として半分程度が、整然と並べられたいくつもの事務デスクに占められているのが見て取れた。

デスクには白布が掛けられ、その上に同種ごとに無数の〈商品〉が置かれていた。ご丁寧なことだ。

トカレフや黒星《ヘイシン》の銃本体からあらゆる実包、おそらく第六世代以降の暗視鏡やその他の機械や器具、その他なん十種類もの〈粉〉や〈リキッド〉の類も見られた。

テーブルの周りにはランダムに積まれた段ボールも多数あったが、おそらくテーブルにサンプルとして出しただけの同〈商品〉が、ぎっしり詰まっているのだろう。

工場全体の壁際にも段ボールが無数に積まれ、パイプ椅子やキャビネットなどの事務用品も大量に散らかっていた。

埃をかぶった多くの機材も所狭しと転がっていたが、それらは廃工場の名残だろう。

「な、なんだ、手前ぇら！」

怒鳴ったのが江川だった。

野口が摘発であることを宣言した。

全体に黒々とした気配が渦を巻いた。

観月の近くにもあった。

「うおりゃっ」

左側から突き出される若い男のバタフライナイフが光った。

音もなく、半歩退くだけで観月は捌《さば》いた。

雑な殺気など、チンピラのものと相場は決まっていた。

手首を無造作に叩けば、それだけでナイフを取り落とし、男の身体《からだ》全体が泳いだ。重心が定まっていない証拠だ。

目の前に流れ来る腕を取ってわずかに振り上げ、角度をつけて落とす。

「うわっ」

それだけで男はコンクリートの地面に激しく転がった。

その進行方向にまた、ベタな殺気があることはわかっていた。

「ぐおっ」

いきなり転がってきた男と激突し、もう一人も転がった。

当然観月はそのままにはしなかった。

絡んで足掻《あが》く二人に走り寄り、左右に大きく爪先と踵《かかと》を飛ばせば、それが仕上げだった。

二人は白目を剝《む》き、コンクリの地べたで大人しくなった。

針のような視線を感じた。

斜め前方、位置で言えば倉庫内やや後方のど真ん中に江川が立って、観月の方を睨んでいた。

「て、手前ぇっ。なんだってアイス・クイーンがよぉっ」

「悪いわね。あなたに関しては、監察仕切りよ」

観月は江川に迫った。

牧瀬は右寄りの後方にいて格闘中で、東堂も観月よりはやや牧瀬に近い辺りにいた。

その辺に相手方が固まっていたからだ。

全員の意識が、裏口に向いているのは明らかだった。

上手く逃れて外に出て、急坂を降りれば一気に雑然とした民家が広がる。

逃げる側の狙いとしては当然で、それは避けなければならないと、そんな鬩《せめ》ぎ合いが牧瀬の辺りの揉み合いには表れていた。

そのときだった。

ドォォォン。

なんの前触れもなく、突如として右手の壁際で轟音《ごうおん》が上がった。

途方もないなにかの爆裂だった。

「なんなのっ！」

咄嗟《とっさ》に観月は頭を守って蹲《うずくま》った。

「ぐわっ」

「があぁぁっ」

ちょうどそちらにいた板橋署の刑事と誰かが巻き込まれて地べたで藻掻《もが》いていた。

衝撃にライトも大きく揺れて切れ切れになった。

「けっ」

隙を突かれた格好になり、江川が一人で真後ろに走った。

そちらは明かりが届かない、完全な暗がりになっていた。ドアがあって事務室になり、

その奥が裏口だった。

「おっ。待てっ」

牧瀬が近かった。

牧瀬が動いた。

観月は続くか、爆発の収拾に動くかを一瞬迷った。

すると事務室の方から、観月をして信じられないほどの凄まじい鬼気が工場内に流れ込んできた。

まず、東堂が反応して一気に走り始めた。戦う気は明白だった。

牧瀬もなにかの異常を感じたはずだが、足を止めようとはしなかった。

まったく、男どもは。

管理官という立場の迷いが、ひと足の遅れを生んだ。

二人には間に合いそうもなかった。

化物はどうでもいいが、部下の身は守らなければならない。

大きく息を吸い、観月はインカムに有りっ丈の声を乗せた。

「キャァァァァっ」

牧瀬が急停止して振り返り、遠くで森島と松川が頭を抱えて観月に顔を向けた。

他に何人も同じ動作をしたが、ひとり東堂だけはインカムを振り捨て、闇に飛び込んでいった。

牧瀬に追いつくと、苦笑いでこちらを見てきた。

「さすがに真顔で悲鳴は、上げないでもらえますか」

「緊急事態だから」

「えっ」

観月は東堂が消えた闇に向かった。

奥に抜けると、フェンスの向こうに東堂が立っていた。

狭い区道が横切り、渡るとガードレールがあり、その向こうが階段になっている。

東堂が立っているのは、その手前だった。

手前に立ち、階段の下方に白光る目をひた当てていた。

「やられました」

東堂は振り返り、ボソリとそう言った。

観月も区道を渡り、東堂の隣に立って見下ろした。牧瀬も続く。

階段の真下に、街灯の細い明かりがあった。

その真下に、壊れた人形のように折れ曲がった江川がいた。

いや、あった。

「うわっ」

牧瀬は覗《のぞ》き込んで顔を背けた。

反応としては、まったく正しいだろう。

人ならば。

「じゃあ、後はお願いします」

東堂があっさり背を向けた。

「あら。丸任せ？」

「すいません。俺は俺で、これでも明後日にちょっとした捕り物を控えてるんで」

「ふうん。あっちもこっちも、それって修羅道？」

「さて。まあ、こっちも簡単な道ではなさそうですが」

頭を下げ、東堂は区道を下りの方向に歩いて行った。

足取りに、迷いは微塵《みじん》も見られなかった。

「化物、ね」

と――。


パチン。


指を鳴らす音が聞こえた気がした。

いや、実際聞こえた、はずだ。

どこから。

東堂と逆の区道とその周囲、あるいは階段下の、その辺り。

二度目は鳴らなかった。

「にゃろう。遊ぶ気？」

風の流れが乗せ来るものは、背後から寄せる爆裂の残り香だけだった。

二

翌週になって、火曜日だった。その朝イチだ。

観月は、呼ばれたわけでなく自らの意志で、警察庁長官官房首席監察官室のドアを叩いた。

夏季休暇明けの長島が前日から登庁していることは把握していた。

「お前ならすぐに、昨日のうちにも来ると思ったが」

そう言って観月を迎えた長島は、気のせいではなく、常日頃より肌が焼けて少し黒かった。

たしか小学生以下の孫が二人いる、と観月は記憶していた。

「長期の休み明けは、特にお忙しいかと思いまして」

長島は一瞬、デスクの左右に山と積まれた書類に目をやった。

「そんな忖度《そんたく》を、アイス・クイーンがするとはな。心境の変化か」

「年齢の変化でしょうか」

「齢《とし》を取ったと」

「長くやっているという、そういう意味で言ったつもりですが」

「物は言いようだが、有り難く受け取っておこう。実際、済ませなければならない庶務は多くてな」

長島はそう言い、おもむろに老眼鏡を掛けた。

「で、亀有署管内で爆発だと。まさかまた、あのC４ではないだろうな」

「そこは間違いなく。おそらく、コンポジションB辺りだと」

「Bか。RDXとTNT」

「そうです。現在は科捜研に回っていて詳細はまだですが、爆発の形態と爆心の状況から攻撃型手榴弾《しゅりゅうだん》、米国のアップル・グレネード相当かと」

「手榴弾。それが爆発したと」

「はい。ただ」

「なんだ」

書類の確認を進めながら、長島は話を聞いた。

会話になっている以上、キチンと聞いているようだった。

器用なものだ、と観月は思う。

「意図的か誤爆か、その辺の判断がまだ曖昧です。商品については、死んだ江川以外ですべてを把握している者は誰もいなかったようで」

「商品リストも無しか」

「いえ。リストはありました。ただ、リストがすべてではなかったようです。漏れもありましたし、リストの中には以前押収されたロシアのRGD―5手榴弾も、少し毛色の違ったところではスタングレネードも、何種類かのフラッシュバンも」

「あったのか」

「はい。どれもダース以上で」

「ふむ」

「意図的にしろ誤爆にしろ、〈商品〉にその辺りの存在をもっと認識するべきでした。摘発を焦ったとは言いませんが、迂闊《うかつ》のそしりは免れません」

「殊勝だな。だが、全権は所轄に委ねたのだろうが。お前主導なら、もっと上手くいったのではないか?」

「いえ。私も、結果から反省を導くなら、結局なんの考えもなく乗りました。一蓮托生《いちれんたくしょう》の一つ穴のムジナにして、ただついていったという意味では、金魚のフンと言われても甘んじるべきかと」

「ほう。ムジナのフンか」

「いや。それはちょっと。——ただ、問題は〈商品〉より、首謀者である江川の死、でしょうね」

自殺、事故、他殺の見極めは、不思議なことに酷《ひど》く曖昧だ。

今のところ、どれも有りだと捜査陣は見ている。

「激突の痕跡は、階段の中段よりわずかに下でした。これは明白です。焦って跳んだ、というのもなくはないですが。全力で跳んだとして届くかどうか、そんな位置です」

先入観を持たないことは大事だが、どれも有りという状況は、あまりあり得ない。

「他殺だというのが、私や東堂警部補の肌触りです」

「ほう」

「結果、監察が対象を追い込んだ形になってしまったかもしれません」

「なんだ？　他殺なのだろう？」

「それでも、です。死は勝手にはやってきませんから」

「なるほど。因果というやつか」

観月は溜息とともに、わずかに肩を竦《すく》めた。

「うちの監察官にもそう言われました」

「そうか。まあ、言うかもな。本来、あの人は優秀な人なのだ。——他には、なにか言ってなかったか？」

「ヤクザが少ない、と」

「少ないか。そうだな。それもまったく、あの人らしい物言いだが」

残る七人は一人が故買屋、一人が別の辰門会系の組で、一人が茨城《いばらき》の独立系のヤクザで二人が半グレ、二人がチャイニーズ・マフィアだった。

〈商品〉は武器からシャブもあり、少量だがコカインもあった。

闇マーケットとしてはまず、申し分ない品揃《しなぞろ》えと言えた。

「それなのに、なぜ竜神会系の組がいない。不思議なことだとも、うちの監察官は」

「正しい疑問だ」

ヤクザが少ないとは、竜神会系の連中が少ないということとイコールだ。

そもそも元江東署の二人はわけもわからず、ただ金の匂いにつられて見張りを手伝っただけで、内容についてはまったく把握していなかった。

中にいたもう一人だけが江川の昔からのツレらしいが、一般人であって、これも手下の域を出ない。

ただし、

——ちっ。大所がどこも来やがらねえってのはどういうことだ。関西系になったら、いきなり縁切りかよ。ふざけやがって。

と、江川が何度もボヤいていたという証言だけは得た。

「興味深いな。ただ興味がなかったというならまだしも、ガサの情報が漏れていた、ということもあるか」

「ないとは言えません。というか、時々ありますしね。その辺りの関係性も、捜査陣の視野には入ってるようです」

「お前も捜査対象ということか」

「はい。けれどその辺は、私以下の関わった監察室の全員が、所在と不在の証明書類を昨日中に提出しました」

職務上、観月たち監察室の人間は、身を律するという意味で日々の行動は日報以上に細かく記録している。公にするかしないかは別にして、最近ではプライベートもだ。

この辺は監察官に就任した際に手代木から厳命されたことだが、まさか役に立つとは思わなかった。

「ふむ。手早いな」

「簡単な聴取も受けました。今のところ、問題があるとは言われていません」

「そうか」

長島が老眼鏡を取り、顔を上げた。

「なんにしても、亀有署に帳場が立ったのだな」

「はい。ただし、殺人事件としてではなく、包括的な意味での帳場です。江川の死だけでなく、横流し品の売買も絡んでますから、板橋署の組対や江東署も動きます。そんな意味での本部かと」

「なら、まずはそちらの結果待ちだな。お前はここまでだ」

「えっ。しかし――」

「何度も言わせるな」

長島は椅子に深く座った。観月に当てる目が、鋭い。

「大所高所から物を見る。歪《ゆが》みを叩く。それが監察の仕事だ」

正論で、つまらないほどの正論だが、すでに引き下がったことのある正論だ。

ぐうの音は、出ない。

「それはそうと」

長島がわずかに身を乗り出し、書類の束から一枚のファックス紙を摘《つま》み上げた。

「大阪府警の二人組は、すまなかったな。弁解するわけではないが、俺がいない間に、しかも届いたのはこれ一枚だった」

覗き込んで見る紙片は、実に簡素にして簡潔に、二十三日からの正式な視察・研修スケジュールの予定だけが記入されていた。

差出人は、大阪府警察本部長だった。

ファックスの記録日時は二十二日の夜になっている。

つまり、大阪府警の二人が上京してきた日だ。

向こうの本部長が忘れていたか、お盆が明けて人選が急遽《きゅうきょ》決まったのかは知らないが、この日は長島が夏季休暇に入った日でもあった。

それで取り敢えず、報告済みの体裁を取り繕う意味で送ったものか。

「で、関西の二人はどうだ」

「色々見て回ってますよ。特にお付きの敷島係長の方は、気を許すと勝手に動くんで、馬場君辺りは閉口してます」

「ほお。ブルー・ボックスで鬼ごっこか」

「いえ。かくれんぼですね」

「木村の方はどうだ」

「ブラブラしてます。裏のゲート工事の方が気になるみたいですけど。あっちの工事事務所に入ると、結構しゃべるみたいですね。偉そうにって現場の監督辺りは愚痴ってますが」

「そうか。どちらも、それなりに気儘《きまま》なものだな」

「でも、熱心ですよ。あれは、関西人の沽券《こけん》に賭けて遊びじゃないですね」

「ん？　どうしてわかる」

「木村室長が裏の工事事務所で、自分の管轄に外部倉庫が出来た暁には、ブルー・ボックスにちなんで、ブラック&ホワイトって命名しようかと思う、なんて宣言をしてたみたいですし」

「ブラック&ホワイト？　なんだ？」

「おや。おわかりになりませんか？」

無言で長島は首を振り、観月は胸を張った。

「ヒントです。ちなみに、敷島係長は〈タテジマ〉と名付けたいそうです」

「――なるほど。ブラック&ホワイトのタテジマか」

六甲山から風が吹き下ろしてきそうだな、と呟き、長島はまた老眼鏡を掛けた。

そろそろ、潮時のようだった。

「最後にご報告ですが、取り敢えず明日、歓迎会です」

「そうか」

「いらっしゃいますか」

長島は一瞬だけ目を細めた。

「木村さんの近況も息子から聞きたいところだが、明日は関東の総務監察部で周年の講話と懇親会があって、夜まで詰まっている。残念だが」

「そうですか。――あ、じゃあ、今晩は空いてますか」

「なんだ。今晩？」

「ええ。加賀美署長たちと恒例の」

「ご免被る」

こちらは即答だった。

「えっ」

「ああ、いや。休み明けだ。身体がまだ、激務には馴染《なじ》んでいなくてな」

「はあ。──では」

なんとなく頭を下げて引き下がったが、ドアの外に出て考えた。

激務って、一体何が激務なのだろう。

三

中央合同庁舎二号館を出たその足で、観月はブルー・ボックスへ向かった。

この日は午後イチに、国土交通大臣指定の確認検査機関による、裏ゲートの完了検査が実施される予定だった。

まず問題はないと真紀は言うが、これに通らないと検査済証が受けられないという。

観月がブルー・ボックスに到着したのは、十一時に近い頃だった。

最初に中二階に顔を出した。

というか、いきなり旧総合管理室に飛び込んだ。

この日は警察庁から少し足を延ばし、銀座回りで大角玉屋《おおすみたまや》のいちご豆大福十個入り二箱を購入した。

三代目考案のいちご豆大福は、特許製品にして当日限りの生菓子だ。

少しでも早く食して欲しいとか食したいとか、そういう気持ちもあるが、まずは夏の陽気から遠ざけ出来るだけ早く冷蔵庫に〈保管〉したいと、そんな気持ちが一番だった。

「ふう。危ないところだったわ」

かくして、いちご豆大福の鮮度は保たれた、ようだ。

落ち着いて、まず一つを口にする。

「うーん」

餅と餡《あん》、苺《いちご》の三位一体が絶妙だ。果汁がまた、お茶代わりに喉越しを滑らかなものにする。

すなわち――。

何個でもいける。

「あ、いけないいけない。別の意味で危ないわね」

そこで、初めて中二階に高橋の姿がないことに気付く。

部下が一人だけいて、観月の慌て振りを口を開けて眺めていた。先のガサ入れには同行しなかった方の部下だ。

ねえ、と観月が声を掛けたことで、見え見えに我に返った。

「え、あ、はい」

「こっちの係長、どこ行ったの？」

問えば、部下は立ち上がってガラス窓の外を指で示した。

「さっき、下へ。ああ、あそこで誰かと揉めてますね。ええっと」

部下はモニタ上のデータリストをスクロールした。

「ああ。多摩《たま》の連中ですね。申請より物がでかいってことで」

「でかい？」

「ええ。ここはミリ表示じゃないですか。それを向こうは」

勝手にセンチメートルで記入したらしくて、という間の抜けた話を聞きながら見下ろすと、高橋はB―3シャッタの搬入路に仁王立ちしていた。

真っ赤な顔で怒鳴っている感じだ。

たしかに、停車中のユニック車の荷台を見れば、大型の電光掲示板のようなものが積まれていた。

縦二メートル、横幅五メートルくらいはあるだろう。

「二〇〇センチで五〇〇〇センチ、だったたってわけね」

「はい。正確には、記載は単位なしで、二三五の四九八でした」

すぐにも通達を出して徹底しなければ、と思う。

こういう些細《ささい》なトラブルが、やがて大きな事故や矛盾を招くのだ。

そんなことを考えつつ眺めれば、ユニック車の向こうから現れ、高橋を援護するように多摩の職員に噛みつくもう一人がいた。

大阪の敷島だった。すっかり溶け込んでいるというか、完全にブルー・ボックスの一職員だ。

大阪弁で捲《まく》し立てているようで、多摩の連中が押され気味だった。

「便利は便利だけど、私は知らなかったってことで」

「了解です」

有り難いことだが、視察・研修中の大阪府警の警察官を〈使役している〉とでもクレームが入れば厄介だ。

見なかったことにする。

「いちご豆大福、一個ずついいわよ」

とだけ言い残し、観月は冷蔵庫から十個入りを出して部屋を出た。

足早にキャットウォークを回り、二階へ上がる。

馬場と牧瀬と時田がいた。

観月は応接セットのソファに座った。

ブルー・ボックスでは特に自席の位置を決めてはいない。

振り返って考えれば、観月はソファにいることが多かった。

「お早うございます。どうでした？　首席の反応は」

「どうもこうも、説明に行っただけだけど。――どう？　食べない？」

いちご豆大福の箱を開けると、牧瀬が緑茶を運んできた。全員がソファに群がる。

「いただきます。――そりゃ、怒鳴るようなことでも、そんなお人でもないのはわかってますが」

牧瀬が大福にかぶりついた。馬場も時田も同様だ。

「何か言われたんじゃないですか？」

「まあ、手は出すなって、言ってたかな」

「言うでしょうね」

「あら、向こう側？」

「どうっすかね。展開と、管理官次第で」

特に長島には言わなかったが、ガサ入れの情報漏洩《ろうえい》については観月なりの考えがあった。

その場で言わなかったのは止められるか、下手をすれば長島とどこかの部署のバーターに使われるに決まっているからだ。

そんな苦い経験が、いつまでも尾を引いていた。

一人、どうにも気になる男がいた。

イレギュラーに知ったかもしれない可能性のある男だった。

敷島だ。

ブルー・ボックスに来た初日も、敷島はうっかり口にした監察作業、つまりガサ入れのことにいたく興味を示していた。

そして、その翌日、つまりガサ入れの前日、観月は夕方になって馬場から、敷島が翌夜の作業について知ったことを聞いていた。

ただ、にも拘《かかわ》らず今も懐疑止まりでそれ以上にならないのは、実に簡単な理由からだった。

このときも――。

ポーン。

ちょうど、館内通話用の壁付けインターホンが鳴った。一番近くにいた時田がスイッチを押した。

「はいよ」

――おう。トキさんかい？　クイーンが来たって聞いた。そっちにいるかい？　一階の

B—3で喚《わめ》き散らしてる多摩の馬鹿にちょっとよ、ここのルールってものを説明してやって欲しいんだけどよ。

室内に、高橋の声が一階の喧騒《けんそう》と共に結構な音量で流れた。

つまりは、そういうことだったのだ。

——あの、管理官。システムの問題でですね。あの、敷島さんに明日の摘発、知られちゃいました。

そんな連絡が本庁監察室にいた観月の元にあったのは、午後四時を回った頃だった。

「ちょっと。馬場君」

——いえ。僕のせいじゃありませんよ。システムの問題です。

と言われればたしかに、それ以上責められない部分はあった。

本来一階用の館内放送が、ブルー・ボックスでは最初から、スイッチ一つで中二階、二階、三階との通話を可能にしてあった。

倉庫内は手が離せない場合も多い。

それで、手放しで通話できるのがベターだということでそうしてあったが、やはり場面に応じて閉じられるような切り替えは必要だろう。

その必要性は前々から感じてはいた。

今までも視察程度はあったが、これからはもっと外部の人間、例えば大阪からの二人組のように、研修にやってくる人間も多くなるだろう。

早急に検討はしなければならないが、とにかくこのガサ入れの前日、

――おい、馬場ぁ。明日のガサぁ、俺らぁ、亀有署の合流でよかったんだよな。変更、ねぇよなあ。

そんな高橋の言葉を、ちょうど居合わせた敷島たち大阪の二人も聞いていたらしい。

「ははあ。馬場ちゃん。こりゃあきっと例の、馬場ちゃんがムニャムニャしてた件でんな。なぁんか、天下の警視庁さんも、結構ズルズルでんな」

敷島は、そんなことを言って目を細めたという。

――でも、お客さんがいるのに押したのは、たしかに不注意だったかもしれません。

だから報告してるんです、というような一事があった。

そのことを踏まえた上で、且つ穿った目で調べれば、敷島は水曜から日曜までの五日間、毎日夜七時過ぎにホテルに戻ってから、判で押したように八時を過ぎると必ず出掛け、帰宿は日付が変わってからだった。

これは、ホテルの防犯カメラで確認が取れていた。

どこに行っているのか。

昨日の月曜などは、ブルー・ボックスを出てから駅までの間で、担当だった森島があっさり捲《ま》かれ、以降の足取りは不明だった。ホテルにも帰ってはいない。

格好としてはブルー・ボックスを出てそのまま、ブルー・ボックスに朝帰りだ。

一体、どこでなにを。

足りない情報に思考がまとまるわけもなく、行確《こうかく》をどっかの誰かに頼んでみようか、それにしても、森島さんを捲くってプロよね、などと考えていると、

「で、どうします」

と牧瀬が聞いてきた。

時田も馬場も、いちご豆大福を齧りながら聞く態《てい》は崩さなかった。

「そうね」

何もしないとは思っていないところが、この班は頼もしい。

「どうもこうも、このままにはしないし、出来ないわよ。ブルー・ボックスまで絡んでくるのかもしれないし」

牧瀬以下、全員が首肯した。

「まずは明日の晩、加賀美署長主催のいつもの呑み会があるから、話を振ってみんなにも聞いてくる。――そうだ。たまには牧瀬君もどう？」

「遠慮します」

牧瀬が即答すれば、視線を動かすまでもなく、観月の視界の中で時田も両手を上げて降参のポーズだ。

馬場に至っては、さぁてと膝を叩いて立ち上がり、モニタに向かった。間違いなく聞こえない振りだろう。

「あのさぁ。べつに私たちの呑み会、罰ゲームじゃないんだけど」

観月は、この日五個目のいちご豆大福を口に放り込んだ。

午後に入って、真紀とゼネコンの立ち会いの下、裏ゲートの完了検査は滞りなく終了した。

四

この夜の妖怪の茶会には、恵比寿《えびす》にある広東《カントン》料理の名店が選ばれた。

――いい。女子会、だよ。親父《おやじ》の宴会じゃないから。最後は一緒だったとしてもね。

主催者である加賀美晴子のモットーを守り、一次会は絶対に名店が選ばれる。

この日のセッティングは、警視庁生安部生安総務課長の増山秀美《ますやまひでみ》だった。

魔女の寄合は〈東大Jファン倶楽部兼東大OG会〉の五人だが、妖怪の茶会に出身大学の縛りはない。

言えば、〈警察庁キャリア女子の会〉の四人だ。

生安の増山は京大出身の三十八歳で、もう一人の、現在は愛知県警本部に出配されている山本玲愛《やまもとれあ》警備総務課長は都内W大学の出身という意味では、組対特捜の東堂絆とは学部こそ違うが、なんと同窓にして同期ということになる。

加賀美だけは東大出身だが、四十二歳になる加賀美とは当然、観月は学内で机を並べたことはない。いずれも、観月が警察庁キャリアになってから出会った面々だ。

魔女の寄合のクインテット、妖怪の茶会のカルテット《Quartette》、そしてクイーン。

観月を示し観月を取り巻く、〈Q〉は多種多様だ。

名古屋から駆け付けた玲愛を加え、全員出席で午後七時から妖怪の茶会は始まった。

フカヒレの姿煮、北京《ペキン》ダック、真鯛《まだい》の蒸し物、辺りまではたしかに女子会だった。

ちょうどビールから紹興酒《しょうこうしゅ》に移り、各自が一本を呑み切った辺りで、そこからはすべてがテキトーになり始めた。

――ごっさぁん。

チェックを済ませて店を出るときの加賀美のこの挨拶に、まあ、妖怪の茶会のすべてが表されていたかもしれない。

その後、近くの海鮮居酒屋に移動して二次会となった。個室をオーダーした。

この辺から段々と話も砕けるので、せめて壁がないと具合が悪い。

「ねえ。みんな最近さ、なんか気になる情報、どう?」

と加賀美辺りが口を開いて始まるのが常だったが、この日は最初から観月が関わった摘発の話になった。

爆弾までが絡んだのだ。公式発表は古いプロパンの誤爆ということにはしてあるが、テレビ・ラジオのニュースや夕刊の記事にもなった。

ツマミには簡単な物を頼んで、ここから酒も話も次第に深くなり、やがて浅くなって浮上する。

東大ＯＧ会と違って、こちらは真紀のように食う一辺倒の人間がいない。どちらかと言えば酒で、好みもそれぞれだ。

加賀美は原点回帰とかでビールに戻り、増山は赤ワイン、山本はハイボールだった。観月は呑む物はなんでもよかったが、十種類あるデザートを取り敢えず一個ずつ注文した。

酒は緑茶ハイにして、届くまでに事件の現状を掻い摘んだ。

といって、江川の死に関しては、特に亀有署の捜査本部に進展はなかった。どうやら捜査方針として、横流し品のルートの解明を中心にしているようだった。

不正現役警官の死は署として、というより署長として、たしかに伏せたいところだろう。それで、目先の闇取引の実態解明と、それに絡むヤクザの摘発に署長からの大号令があったらしい。

否《いや》も応もなく、刑事課の連中が組対課の手伝いに回らされているという。

今のところ観月にわかることは、そこまでだった。

「それでも、ただ放っておけるわけもないですから」

観月は運ばれたデザート群から、まず溶けそうなシャーベットに手をつけた。

リンゴのシャーベットで、緑茶ハイを呑む。

府警の敷島が怪しいのは間違いない。

どこかに交代でもいい。手空きで二十四時間の行確が行える者たちはいないか。

「お猿さんは？」

と、口の周りに泡をつけた加賀美が言った。

お猿さんとは、J分室の猿丸俊彦《さるまるとしひこ》警部補のことだ。

その昔、加賀美とはムニャムニャと、それなりにはあったらしい。

観月は即座に頭を振った。

「なんか、あそこの人たちを使うと、代償が大き過ぎる気がします。分室長の方針というか、生き方ですかね」

「そうか。そうかもな」

加賀美は腕を組んだ。

「お前のバックアップだ。何を惜しむ気もないけど、今のところ署内、あたしのスジ、どっちを考えてもすぐに動かせるってのは。しかも二十四時間態勢だろ」

ちょうど、若い店員が部屋の外を通り掛かった。

お代わり、と声を掛け、加賀美は顔を隣の増山に向けた。

さっきから増山は、一人静かにワイングラスを傾けていた。

「秀美。生安ならどうよ。夜回りとかさ、こういうのが得意なヤツ、そっちなら見繕えるんじゃない？」

加賀美が振る。

そう言えばそうだ、と山本も恒例の手羽先を齧りながら同意した。

「えっ。うち？　どうかな。無理じゃない？　ほら、うちも観月のＱＡＳで人手が足りないし。そうね。無理、無理」

皆で、じっと見る。

どうにも、一考もしないで切って捨てるのは増山らしくなかった。

「えっ？　なになに？　私、なんかした？」

あたふたする増山は、まあ、滅多に見られるものではないという意味では興味深いが。

届いたビールジョッキを傾け、加賀美がひと息の間を取った。

「秀美。そう言やあんた、大学だけじゃなく、そもそも出身が滋賀《しが》だろ。たしか府警にも三年いたよな」

「え、え。あれ、いたかな」

加賀美の目が鋭くなった。

こうなるとさすがに、女性初の警視総監、その最右翼と目される女傑だった。雰囲気がある。

「う、ああ。そうねそうね。いたわね。あは。酔ったかしら」

「寝惚《ねぼ》けたこと言うな。お前が酔うほどの量じゃないだろ。で、どこだっけ？　オラ」

「あぁっと。どこだったかしら」

「住之江署でしたよね」

両手に手羽先とハイボールのジョッキを持った玲愛が答え、

「ビンゴぉ」

と手羽先の方を高く掲げた。こちらはいい感じにご機嫌だ。

「あれ？　そうだっけ？　ああ、敷島さんね。そうそう。知ってるっていうか、知ってたわ。ははっ。忘れてるっていうか、忘れてた。でも、彼なら観月が気にするような刑事じゃないわ。まあ、叩いて埃が全然出ないってことはないと思うけど」

立て板に水のようでいて、まったくわからない。

「はあ」

気のない返事で、観月はアイスプリンにスプーンを刺した。

「でも玲愛。なんでそんなこと覚えてんの。手羽先一個貰《もら》うわよ」

観念したものか、増山が静から動に変わった。

「覚えてるっていうか、地域的に愛知までは伝わってますよ。手羽先はダメです」

「えっ。何が」

「〈住之江の女署長は怒らすな〉って」

観月が加賀美に目をやれば、加賀美も観月を見ていた。

増山は、切れたら地検の検事でもグーで殴る女だ。

納得出来た。

「ああ。まあ、ね。若い頃はほら、誰だって色々とさ」

「何やったんですか?」

観月も興味のままに聞いた。

ケーキ三種盛りを突《つっ》き、緑茶ハイで流し込む。

「聞かないで。だいたい、どれが基準だかわかんないし」

「あ、やりたい放題だったんですね」

「それはいいから」

増山はグラスのワインを呑み干した。

「しようがない。話を戻すけど、観月、敷島さんはシロ。以上、そんなだから大丈夫」

「ええと」

観月は頭を掻いた。

「そんなだからの根拠がわかりませんが」

「根拠は私が言ってるから、じゃダメ？」

「コラコラ。どこの駄々っ子か、どこの公安部長の理屈だ」

加賀美が睨んだ。

「なんかあんだろが。秀美。おら。ちゃっちゃと白状しろよ」

全員でまた、じっと見た。

増山はボトルを手にした。

空のようだった。

グラスを啜《すす》るようにして、それから黙って手羽先に手を伸ばす。

今度は山本も文句は言わなかった。

「仕方無いか」

そんな言葉を、熱い息と共に吐いた。

「あのね」

全員が身を乗り出す。

「水曜から日曜までの五日間、彼は私と一緒にいたの」

ゴボッ、と山本が、口に運んだジョッキの中に泡を立てた。

「んーっと。あれか」

加賀美が指先で額を叩いた。

「それは、秀美とその、敷島って府警のサツカンが、付キ合ッテイルトカ、イナイトカ、トイウコトダロウカ」

やけに平坦《へいたん》なアクセントだった。口元の油が切れたように、言葉自体がギシギシしていた。

「ちょ、何言ってんですか。いくらなんでもそれはないでしょう。敷島さん、もう五十過ぎてんですよ」

「あんただって四十前だろうに」

「ざっくり大きく括《くく》らないで下さいっ。あ、でも、そもそも歳がどうだからってことじゃないし」

話がどうにも、迷路に迷い込んだ感じだった。

「じゃあ、なんなんだ」

加賀美が聞いた。

「そうですねえ。やっぱり、見た目かなあ。私の好みから言えば、もう少し背が高くてお金持ちで」

「そっちじゃない。なんで五日間も一緒にいたのかだ」

「えっ。ああ。そっちですか。そっちね。ははっ。やっぱり、そっち」

全員、動かない。

増山は、三分の一もない観月のジョッキも呷《あお》った。

加賀美のジョッキにも手を伸ばすが、ビシリと叩かれた。

それで何かの踏ん切りが付いたようだ。

「お見合いだったの。敷島さんが持ってきたやつ。五日で五人」

暫時の静寂が、居酒屋の個室に満ちた。

えええええぇっ！

反動として、揃った驚愕《きょうがく》が店中に響き渡った。店長が何事のクレームかと飛んできたほどだ。

いえいえ全員分のお代わりを頂戴、などと加賀美が取り繕って濁し、以降の増山の話は、酒のいい肴《さかな》になった。

他人の言い辛い話にはなんとも言えない旨味《うまみ》がある、とは加賀美が放った、人生訓のような言葉だ。

「私もほら、やっぱり関西系の方がなんとなく、フィーリングっていうかさ、合うかなあって、そんなことを前々からね」

「フィーリング？　ああ。ボケとか突っ込みとか、あれだね」

「違いますけど」

開き直ると、さすがに加賀美への対応にもキレが戻った。
八、九年ほど前、署長として住之江署に赴任していた頃、増山は呑めばそんな愚痴を垂れ流していたという。
そのとき主に聞いてくれたのが、当時主任だった敷島らしい。

「ああ見えてね、敷島さんって、結構切れるのよ。如才もないし。もっともそれくらいじゃなきゃ、統括を担う庶務なんて任せられないけど」

馬も合ったようで、離任後もどちらからともなく、東京と大阪の情報は取り合っていたらしい。

互いが互いの〈スジ〉と、そういう関係だったろうか。

「離任して二年後くらいかな。帰省のときさ、帰っても暇だぁって愚痴ったら」

「結局愚痴かい」

加賀美の合いの手が段々、突っ込みにも聞こえてくる。

「ああ、そうね。そんなんばっかりだったかな。それで忖度してくれたのかも。ほなら署長、ミナミに出てきまへんかって誘われて、行ったら敷島さん、堂島辺りのボンボンを何人も連れてて」

と、それが見合いの最初だったらしい。

「離任してからもずっと署長、署長ってさ。それから、私の帰省に合わせる感じで、平均すれば年イチ、いえ、年二くらいはあったかな。敷島さん、とっても顔が広くてね。銀行員とか宮大工さん、落語家さんなんてのもいてさ。お見合いには違いないんだけど、なかなか興味深くてね」

――署長は絶対、幸せにならなあきません。なんかな、これはいつの間にか、私の一つの目標になりましてん。

　呑めば必ず出る、それが敷島の口癖だったらしい。

「敷島さん。病気がちな奥さんとずっと二人で苦労したんだって。楽しいこともあったって言うけど、その奥さんも今から、そうね、五年位前には亡くなっちゃってさ」

「そうか。刑事の仕事と看病ね。そりゃあ間違いなく大変だ」

　これには加賀美も納得のようだ。幾分しんみりとした口調で、またジョッキを口に運んだ。

「そんな敷島さんから久し振りに連絡があって、でも、さすがに今回のは意表を突かれたわ。都内でっていうのも初めてなら、日替わり五連チャン、なぁんていうお見合いも初めてだったし」

「いいじゃないか。あたしだったら素直に嬉《うれ》しいけどね。だって、選《よ》り取り見取りってことだろ」

加賀美が言えば、増山はゆるく首を横に振った。

「所属も階級もまちまちですけど、五人が五人とも府警の刑事だったんです」

「あ、そら勘弁」

「でしょ。しかもお見合いだってのに、全員、なぁんかピリピリしてて。ウラはまあ、あるのかなあとは踏んでるんですけど」

増山はグラスを傾けた。

呑んで、呑み干した。

「でも、敷島さんが言わないなら聞かない。そのくらいの信頼は、あるんですよ」

増山は口を閉ざした。

加賀美もそれ以上は追わない。

というか、おそらく増山にしてもそれ以上の情報は持っていないのだろう。

先の言葉は、その宣言に等しい。

(仕方ない。じゃあ――)

デザートの二周目に入ろうか。

妖怪の茶会はその後、いつも通りカラオケにも回ったりしながら、午前三時過ぎまで延々と続いた。

五

翌日、午前のブルー・ボックスだった。

淡いピンクのトレーニングウエア、同色にそろえたジョギングシューズに黒く細いヘッドセット。

いつもの出《い》で立《た》ちで、観月は№2―A―01の棚の前、つまりは二階の角に立った。

「テスト、テスト。馬場君、どう?」

手首足首を入念に解しながら、観月はヘッドセットのマイクに話し掛けた。

一週間に一度をベースにしたブルー・ボックス内の巡回は、牧瀬班の夏期休暇や抱えた案件、視察などが絡んで、このところ滞っていた。

久し振りだった。

――感度的にはOKでぇす。

「えっ。感度的にはって、それ、どういう意味?」

――お腹《なか》が重いでぇっす。

「ああ。なによ。あれくらいで」

馬場が音を上げるのは、この直前まで二階の監察室分室で、お八つの時間だったからだ。

馬場は音を上げてもそれは観月にとって、巡回の前には欠かすことは出来ない一種儀式のような時間だ。

超記憶の発動は、脳に大いなる負担を強いる。

それを軽減するのが甘味であり、糖分であり、〈補給〉のメインはこし餡だった。

この日の甘味は、加賀藩御用菓子司・森八《もりはち》の千歳《ちとせ》だった。こし餡を求肥《ぎゅうひ》で包んだ逸品だ。ひと口で食べられる。

午後の裏ゲート引き渡しに備えて、真紀が早朝から現場事務所に出ていた。その真紀が持ってきてくれたものだ。

箱入りは、一つ一つが紅白の包みで色分けされている。目にも鮮やかな、工事の引き渡しにふさわしい縁起物でもあった。

三十個入りふた箱をもらい、ひとまず観月はひと箱を食べて準備は万端だった。

居合わせた者たちはそれぞれ思い思いの分量で食べた。

残りは、放っておくと森島が片付けそうだったので、健康を考慮して馬場と半々にさせた。十個ずつくらいだったか。

観月にとっては、少々食べたりない感じもあったが、手を出さなくて正解だったかもしれない。

程よい糖分で、すでに頭は十分に冴《さ》えていた。

腹六分目くらいが動くにはちょうどいい。身体は軽い。

前夜というか、今朝方までの妖怪の茶会の些細な影響で、寝起きは少し気怠《けだる》い気もしたが、千歳のお陰で今はほぼ体調的には万全だった。心身共に、二階のサーチに集中できる状態だ。

加えて言うなら――。

この日は、遅くなってから本降りの雨になるという予報が気象庁から出されていた。

その予兆か、ブルー・ボックスも、搬入口がほとんど終日開けっ放しの一階は全体に湿気《しけ》っていたが、二階以上の空調は完璧に制御されていた。どちらかというと温度も湿度も低いくらいだ。

が、それは口にはしないが、牧瀬が定時よりだいぶ早く出てきて、巡回のために調整してくれたからだとわかっている。

ブルー・ボックスの馬鹿でかさの証明でもあるが、空調をフル稼働して、設定温度から三度前後、湿度を五パーセント内外で上下させるには、一時間半は必要だった。

現在の温度は十五度、湿度は五十パーセント。

長距離走には、絶好のコンディションといえた。

「じゃ、そろそろ行くわよ」

――はいな。よろしゅうに。

もちろんインカムの向こうには馬場がいるが、聞こえてくるのは敷島の声だ。上司である木村も、近くに同席だけはしているはずだった。

――甘い物食いの妙技も、すっかり堪能させてもらいました。あれも大したもんや。けど、ここからが本番やで。ほなら巡回のお手並み、拝見させてもらいますわ。

「お手並みってほどじゃないけどね。ただのルーティンよ」

――またまた。馬場ちゃんからなんとなく聞いてまっせ。エライ観察眼っちゅう話やないですか。

「余計なとこはいいから。全体の動き、そっちを気にして」

――そりゃもう。心得てまっせ。

増山の話を聞いて後は、このベタベタの関西弁もどこか温かく、かつ、シャープに聞こえる。

(いいのかな。――ま、いいわよね)

超記憶を稼動させたフロアの巡回は、ある意味では警視庁の、いや、ブルー・ボックスの力であり技なのだ。

たとえどんなお偉方、どんな遠方からの視察・研修でも、普段なら得意げにひけらかすことなど有り得ない。

特になんの制約を受けているわけではないが、場末の見世物になるつもりはない、と見世物たる観月自身が嫌ったということが一番の理由だ。

が、この日はまあ、言えば特別だった。

木村はどうでもいいが、敷島には、疑いを掛けてしまった負い目が秘かにはあった。

「係長もいい？」

「いつでも、どうぞぉ」

姿は見えないが、フロアに直《じか》に響く牧瀬の声が聞こえた。

「主任は？」

――ＯＫです。

時田の声はインカムからだ。

「森島さんは」

――いいっすよ。

巡回は一カ月近く空いたこともあり、リストのチェックだけでなく、実際に即時の確認人員として牧瀬班の三人を、初期のように各所に待機させた。手順として敷島たちに見せる意図もあった。

「じゃ、始めるわよ」

その言葉を合図に、観月はゆっくりと動き出した。

№2―A―01から№2―I―01へ。

いつもの変に動いている場所の確認だ。

疑念があればインカムに場所を告げた。

――了解。

――あ、俺が行きます
――おっ。そこならこっちからが近いや。

など、観月の一声ごとに、フロアに散った牧瀬班の誰かが動いた。

阿吽《あうん》の呼吸は、もう何度とない巡回ですでに出来上がっていた。

一時間三十七分は、可もなく不可もなく、平均ペースだったろう。チェック個所は五十を少し超えたくらいだったか。

いつものことだが、どれほど糖分を補給しても最後には脳内が焼けるようだった。

「リストチェックは、どう?」

息を弾ませつつ、観月はインカムの向こうの馬場に聞いた。

――あ、はい。大半は申請が出てます。

「大半って?」

――ミリ単位で動いてるって管理官が言った場所が、係長と主任の両方で一カ所ずつ未申請ですけど、どちらも隣が申請個所なんで、多分問題はないはずです。もう係長も主任も、内容確認に入ってます。

「そう。了解」

汗を拭きながらシャワー室へ向かおうとする。

A—01から始めると最後がA—190になる。そこからA行の外通り、一階でいうところのBシャッタの通りを真っ直ぐ戻ればシャワー室になる。

実は二階のA—190が、勤務室である監察室分室からは一番遠い。

汗を流し、パンツスーツに着替えてシャワー室を出た。

入れ替わりに牧瀬と森島が入った。

シャワー室を出れば左手、01列の一番奥が分室になる。

その辺りに立っていた時田が、観月が近づくと少しドアから離れた格好でカード・キーを使った。

開いたドアに時田は入るわけではなく、逆に中から敷島が飛び出すように現れた。

木村がのたりと、オマケのようについてくる。

「いやあ。魂消《たまげ》ましたわ。聞きしに勝る、でんな。ありゃあ、なんのマジックでっか」

などと言いながら、興奮気味に敷島が手を差し出してくる。

握って返すが、口調で誤魔化しているほど驚いてはいないようだ。

敷島の目が、悪戯《いたずら》げに光っていた。勝ち誇っているようでもある。

いや、なんとなくわかっている観月の目に、そう映っただけか。

「ねえ。敷島係長」

離した握手の手を、観月はそのまま棚の列に向けた。

「あれ、動かしたでしょ」

「えっ」

分室からかろうじて見えるくらいの位置にある棚の、一番上の一個。

それを試しに、おそらく敷島が動かしたのだ。

この日二階に上がった瞬間から、違和感はあった。

前日、帰るときには動いていなかった。そしてこの日、この朝までに、二階に緊急で運び込まれた証拠品・押収品の類はない。

固まる敷島を捨て置き、観月は顔を時田に向けた。

「未申請場所で口にしなかったから馬場君はわかるけど、トキさんもグル？」

「すいません。どうにも、関西弁で乗せられました」

時田は首筋を叩きながら、苦笑いで頭を下げた。

「どしぇえっ」

我に返ったようで、今度こそ敷島は素直に、大仰に驚いた。

「へえ」

さすがに、木村も短いが感嘆する。

「今回だけよ。私のお城で、悪ふざけはたいがいにしてね」

「いや、悪ふざけに見えたら勘弁でっせ。でも、超記憶でっか。なんや、そちらさんこそが私らに悪ふざけ仕掛けとるかもってなもんで。自分でたしかめな、よう信じられませんでな。それにしても」

うーん、と敷島は真顔で腕を組んだ。

「こら、容易なこっちゃないわ」

そんな顔は初めて見た。

思わず、何が、と観月は聞いた。

「そりゃ、このブルー・ボックスですわ。管理官ですわ。機能までなんや、ここと管理官はセットやないですか」

敷島は倉庫全体に視線を走らせた。

「君臨しとるっては聞いてましたけど。ビックリするくらい甘い物食って、ただ威張ってるだけやのうて、ホンマ、管理官あっての城やないですか。てことは、大阪に作れるかどうか。こら、難儀なこっちゃで。視察っても、どない報告すればええんやろ。ねえ、室長」

「ああ。せやな」

木村も頷いた。

少し、誇らしかった。

見世物も悪ふざけも、ごくたまになら悪くない。

「それほどでもないけどね。――え、ちょっと待って。威張ってるだけじゃなくてって、なに？」

「うおぉっ。すんまへん。口が滑りましたわ」

――なんですかぁ。なんか、トラブルっすかぁ。

ちょうどシャワー室から出てきた牧瀬が、遠くからそんな声を響かせた。

六

この日、午後からの裏ゲート引き渡しは、チェックと書類関係の調印を済ませ、滞りなく終了した。

後は九月一日の開通セレモニーを以《もっ》て、正式運用となる。

多少の修正と追加は出たが、それらは運用後、少し落ち着いてからの九月下旬納期ということで折り合った。

そうしてなにかとバタついたこの日の夕方からは、敷島たちの歓送迎会が予定されていた。

「真紀。あんたもどう？」

引き渡しも済んだのだからと誘ってみたが、別件の打ち合わせがこの日の内に三件も入っているということで断られた。忙しいことだ。

かくて、監察室分室の面々は場所を秋葉原に移して、午後六時半から宴会を開始した。

場所は、『もののふ』という居酒屋だった。とてもガチャガチャとした居酒屋だ。

歓送迎会の責任者として、場所を取った馬場が乾杯の音頭も担当した。

「では、大阪からようこそぉ、ということと、明日でさようならぁ、ということで、かんぱぁい」

なにやら締まるような締まらないような挨拶で、宴《うたげ》は始まった。

一杯目は普通に生ビールのジョッキを掲げながら、観月は店内を見渡した。

まあ、立ち飲みなのは全席同じスタイルのようだったので、ひとまず良しとする。

ただ、なんというか『もののふ』は、本当にガチャガチャとした居酒屋だった。

店名の通り、おそらく手作りにして驚くほど凝った甲冑《かっちゅう》に身を包んだ店員が、店内を所狭しと闊歩《かっぽ》していた。お盆を持って。

そんな連中が行き交うから、店内は通路がやけに広かった。

空間としてまあ、ゆったりしていると言っていいかもしれないが、それでも甲冑や刀

けでガチャガチャとして、店員が動くだけでガチャガチャとして、店員が動くだ

が擦《こす》れたりぶつかったりするからうるさい。

だから本当に『もののふ』は、店員がいるだけでガチャガチャとして、店員が動くだけでガチャガチャとうるさい、奇妙な居酒屋だった。

「ねえ、馬場君。任せたって言っといてなんだけど、なんでこんなとこ取ったの？」

「他になかったんです。それに、今四人以上で予約すると琉球《りゅうきゅう》グラスくれるって」

「えっ」

「へへっ。持ってないんで、どんなのかなぁって思いまして」

「ふうん。まあ、いいけど」

ここで、『もののふ』が変わっているもう一点を観月は思い出した。

ちょうど、ガチャガチャとお盆を持った店員がやってきた。

「へい。ラフテー二丁と、ミミガーチャンプルー、お待ち」

そう、『もののふ』は琉球料理の店だった。格好だけが特殊で、コンセプトを無視していいなら、あとは真っ当な琉球料理店、と言えなくもないというか、そのものだ。

「おっほ。来ましたわ。見てくれは変わってまっけど、料理は美味そやないか」

つまり、その通り。

「まあ、敷島係長の会だから。係長が楽しいんなら、それでいいけどね」

この会に、木村と牧瀬の姿はなかった。

牧瀬はもうすぐ顔を出すが、木村が来ることはない。

木村はこの日の夕刻、ちょうど観月が裏ゲートの引き渡しに立ち会っている頃、携帯に大阪から連絡があったようだ。

内容までは知らないが、緊急の事案が入ったようで、明日を待つことなく大阪に帰ることになった。

都合良くちょうど、牧瀬がブルー・ボックスの車両を本庁の地下駐車場に運ぼうとするところだった。それで、木村を東京駅まで乗せていったのだ。

牧瀬がやってきたのは、乾杯から一時間は過ぎた頃だった。

「送ってきました。問題はありません」

観月にまず報告し、牧瀬は甲冑男に生ビールを頼んだ。

「馬場。なんだこの店」

「いいです。もう取りませんから」

説明がすでに面倒臭いと、馬場はそれくらいには呑んでいたというか、それくらいに酒に弱い。

観月は馬場の三倍は呑み、三倍以上素面《しらふ》だった。

素面で十分前から、紫芋の黒糖ゼリー寄せを肴に泡盛を呑んでいた。

まじまじと見ていた敷島などはその最初から、

「なんや。えげつないもん、見せられてますな。こっちまで胸焼けしそうや」

と本気で気持ち悪がったものだ。

「どう？　無事に帰った感じ？」

泡盛の当てにチョコ掛けアガラサーを注文し、観月は牧瀬に聞いた。アガラサーは黒糖蒸しパンのこと、らしい。

結局黒糖でっか、と敷島は嘆息した。

「ええ。帰りましたよ」

運ばれた生ビールを、まず牧瀬はひと口呑んだ。

「もっとも、特には別れの挨拶も、礼のひと言もありませんでしたが」

「あらま。やっぱり」

なぜか、敷島が真顔で頭を下げた。

「えろう、すんまへん。皆さんにはどうも、ご迷惑さんでしたな」

「いえ。別に係長に謝られても」

牧瀬が恐縮して観月を見た。

「そうよ。気にすることないわ。キャリアとかって、こっちにはもっと偉そうなのも、厳格を絵に描いたのもいるから」

「そう言ってもらえると、肩の荷は降りますわ。けど前々から、なんとかならんもんかなぁとは思ってましてな」

「えっ。前々からって？」

聞けば、へえ、と敷島は肩をすぼめた。

「二十年以上、前ですかな。私ね、その頃府警におられた、室長の親父さんの部下でして。室長は知らんでしょうけど、当時の室長のことも知りよるんですわ。大人しい、気の優しい、静かに笑うお子でした。親子のシガラミ言いますか、親父さんの強権で、ちょっと自棄《やけ》になっとるとこはありますがな。ただ、それは今だけで、私はいずれ元に戻ると、信じてますんやけどなあ」

やけにしんみりとした口調だった。

「知ってはりまっか。室長は本当は、建築士になりたかったんでっせ。あべのハルカス作るような。――それを、な」

「知ってるわ」

観月が助け舟を出した。

最後まで言わせせない。

言わせれば、宴の景色が滲《にじ》む。

「敷島係長は、優しいのよね。秀美さんも言ってたもの。切れ者で如才なくて、苦労人だって」

「へっ？　秀美さん？」

わからないようで、敷島が眉間に皺《しわ》を寄せ、少々怪訝《けげん》な顔をした。

「そう」

観月は頷いた。

チョコ掛けアガラサーがガチャガチャとやってきた。

フォークを刺し、観月はひと切れを口に入れた。

香ばしい甘さがまた、泡盛に合う。

「昔の、増山署長さん」

うへぇっ、と敷島が舌を出したのは、アガラサーに泡盛のせいか。

ただ、そんな顔のまま、敷島は笑った。

「そうでっか。署長が」

いい顔だった。

歩んできた敷島の真っ直ぐな、豊かな人生が見えるようだった。

「そういう質《たち》なんでしょうな。私は昔から、所轄の中では物好き世話好きで通ってましてな」

「あ、物好きでも通ってるんだ」

「せやで」

わははっ、と笑ったのは時田だったか。

それからは牧瀬も加え、宴は弾《はじ》けた。

増山の名を出してからは、さらにもう一歩、敷島も踏み込んできた感があった。

陽気な関西人を、全員で堪能した。

「いやあ。えらいご馳走《ちそう》になりまして。すんまへんな」

最後は敷島も上機嫌になった。

大阪に来るようなことあったら、私を訪ねてくださいや、と敷島は胸を叩いた。

「松芳庵《しょうほうあん》さんの黒豆大福や、堺八百源《さかいやおげん》の肉桂餅《にっきもち》、塩五《しおご》の村雨《むらさめ》も忘れたらあきません。大阪にも美味い甘味、仰山ありまっせ。そや、堂島《どうじま》ロールやったら、帰ったその足で送らせてもらいますわ」

「まっ」

「あはっ。管理官。ようけ喜んではりますな。私もなんや、少ぉしだけ、わかるようになりましたわ」

すると牧瀬が、

「へえ。さすがですね。この短期間で、大したもんです。刑事の観察眼、ですか」

と感心して腕を組んだ。

「ちゃうちゃう。係長、これはな、そんな無粋なもんちゃいまっせ。これは多分に、情や。情のアンテナや」

かすかな振動音がした。敷島の携帯に着信があったようだった。

「あ、室長からや」

敷島は、少し画面を離して見た。老眼なのだろう。

見て、頷いた。

「無事、府警本部に着いたらしいですわ。皆さんによろしく、言うてます。本心からなら、なんや嬉しいんやけど」

などというような遣《や》り取りがあって、すぐにお開きになった。

馬場が会計をしている間に、まず観月が外に出た。

「あら、雨ね」

顔に雨粒を感じた。どうやら、天気予報は当たりのようだった。

「あ、ホンマやね」

最後に出てきて、敷島も雨を見遣り、手を翳《かざ》した。

「ま、雨やけど、明日は最終日や。ちょっとくらいなら、東京見物さしてもろても罰当《ばち》たりませんやろ。ほんで、午後に一回、本庁の方に顔出しさせてもらいますわ」

傘を差し、手を振り、

「じゃ、どちらさんも、有り難さんのご免さんよ」

などと言いながら、敷島は雨中をホテルに帰っていった。

一同で見送って、観月は手を叩いた。

「さぁて。本腰入れて、呑む？」

返事をする者は、誰もいなかった。


そうして翌日、浅草寺《せんそうじ》の近くで敷島が死んだ。

正確には雷門通りと観音通りの角、東京メトロ銀座線の浅草駅から上がった辺りでのことだ。

そぼ降る雨の一日だった。

時刻は、絶えることのない往来の人また人でごった返す、午後二時半過ぎのことだという。

敷島は駅口から右手に折れ、観音通りへ入ろうとしたらしい。

そちらはアーケードになっていて、雨を避けて通るにはもってこいだった。

当然、普段よりもアーケード内の往来は多かったようだ。

敷島は、三段の段差をまたいで降りるようにしてやや右側に足を振り出した。

ちょうど、駅に急ぐ二人の男性が同時に来て、その間を割るような形になった。

実際、少しぶつかったかもしれない。

敷島が次の瞬間にバランスを崩し、仰向けに倒れたのはアーケード側の防犯カメラで確定だった。

その後、縁石に打ち付けられた後頭部からインターロッキングの歩道に血が流れ、敷島は動かなくなったようだ。

ようだ、とするのは、これも防犯カメラの映像による判断だったからだ。

直後から、通りは一時、騒然となったという。

不可思議なことに、何が起こったかは通り掛かりの誰に聞いても判然とはしないようだった。

ただ、仰向けに倒れて動かなくなったと、誰に聞いても同じような答えだったらしい。

雷門交番からすぐに警官が駆け付けたが、敷島の命には何も出来なかったと、わかることはそれくらいだった。

「嘘」

観月がこの報に触れたのは、雨上がりの夕暮れ間近い頃で、ブルー・ボックスでのことだ。

「機捜から上がってきた報告なんだが」

と、そんな言葉から始まる一連を伝えてきたのは、参事官の露口だった。

「嘘ですよね」

そう言ったきり、言葉は出なかった。

表情にも出なかったが、衝撃は間違いなくあった。

夕焼け空がやけに、赤く滲んで見えた。

第五章

一

月が替わった、翌日の朝だった。

祝月《いわいづき》九月最初の朝だが、皮肉にも祝うべきはどこにもなかった。

この日、朝一番で観月は手代木の前に踵《きびす》をそろえた。

前日に掛かってきた一本の電話で、上司として手代木から、一連の事々に関する説明を求められたからだ。

――別段、何を咎《とが》めるわけではない。これは警察庁長官官房の長島首席監察官から警視庁警務部への、まあ、正式ではないがな。そう、ブルー・ボックス担当管理官に降りてきた、大阪府警からの視察・研修という特命に関することだとは心得ている。それ自体がすでに私という、この監察官室の責任者を素通りした頭越しだということも出来るが、そもそもブルー・ボックス自体が、私から見ればすでに本道から外れている。ただし、私の着任以前に出来た別道に、後から私が文句を言う筋合いはないだろう。これは長島首席監察官と、私の前任者である藤田進、現千葉県警警備部長が取り決めたことだ。

ただし――。

今回の事案では、人が死んだ。しかも他府県の警官で、よりにもよって、大阪府警本部長直々の依頼書によって送られた視察研修員が死んだのだ。私は私自身がブルー・ボックスという、超巨大証拠物件集中保管庫そのものに関係も責任もあるとは思っていないが、小田垣、いいか、少なくとも私は、小田垣観月という警察官に対する関係も責任もある、直接の上司だとは思っている。

だから私はその限りにおいて、今回の大阪府警からの視察・研修における、お前の行動、お前の考えのすべてについて把握しておく必要があるのだ。

明日の朝、一番で説明してもらおう。

と、そんなことを長々と言われた。

前日夕刻の、観月がブルー・ボックスで露口から、敷島の死に関する一報を受けた直後のことだった。

「了解しました。明朝、お伺いします」

ただ聞くしか出来なかった。あまり頭にも入って来ない。

そもそも、椅子から立ち上がることも出来ていなかった。

そんなときの返答こそ、唯々諾々としたものになるだろう。

手代木の言っていることは、曲がりの一切ない正論だった。

それにしても今聞くか、聞かなければならないかという疑問は残る。あまりにも理路整然として、四角四面な感じがあった。

少々の苛立《いらだ》ちに、デスクを叩くだけのエネルギーは生まれた。

動くことが出来た。

そこまで考えて電話を掛けてきてくれた、と考えては、あまりにも手代木という男を買い被《かぶ》り過ぎか。

朝イチに登庁すれば、手代木はすでに一人自分の席で聞く構えだった。

デスクに両肘を載せ、立てて組んだ腕の向こうに顔を隠すようにして、爛《らん》とした目だけが見えた。

それから十五分。

ちょうど今、手代木に説明を終えたところだった。

もちろん、言うべきことと言わないこと、聞かせるべきことと忌避すべきことなど、口は人を選ぶ。

それにしても十五分で終わったのは、手代木がひと言の差し挟みもなく黙って聞いたからだ。

説明を終えた後も、手代木の構えは変わらなかった。

三度瞬《しばた》いたその目から、向かってくるような光は消えていた。

「大方はわかった。理解の範疇《はんちゅう》だ」

手を解き、手代木は椅子の背凭《せもた》れを軋《きし》ませた。

「はたして事件か事故か。私にはわからんし、その判断をしてはそもそも監察官としての職務を逸脱する。以降は浅草署の管轄ということになる」

「はい」

特に逆らうことはしない。

逆らおうとも思わない。

人の死の扱いに対する、正論だ。

「と、私は言うが」

「えっ」

一瞬手代木の口元に何かが浮かんだ。

笑み、だったかもしれないが、確認は出来なかった。

手代木は手元の書類に顔を向けつつ、左手を伸ばした。

「あちらがどう、お前に特命を下すのかは知らん」

手代木が示したのは、合同庁舎の方向だった。

「夕べの内に連絡があった。首席監察官も詳しい説明が聞きたいそうだ」

「えっ。ああ」

「まあ、ブルー・ボックスの運用における、一連の諸問題解決とかな、一点の正論を大風呂敷に包み込むほど雑駁《ざっぱく》な命題をテーマにされると、昨日も言ったが、私には特段、その担当管理官にとやかく言う権限はないということだ。あるいは人を動かし、人を黙らせることに関して、先方の方がさすがだということだ」

行け、と手で示され、観月は一礼で踵を返した。

長官官房では、すでに長島が執務に勤《いそ》しんでいた。

観月が寄っても顔を上げることはない。執務の間に聞く態《てい》だった。

あらかたの説明は、手代木にしたものと同じだった。

同じものに、明らかに職務から逸脱するものを少し足した。

「敷島係長は、浅草寺に行こうとしてたんです。歓送迎会の帰りに、東京見物だと自分で言ってました。ここまでは紛れもない事実です。雨のせいでアーケード内が普段以上に混雑していたのもわかります」

「うむ」

「ただ、わずか三段の段差です。いえ、浅草署の機《き》捜《そう》に問題があるというわけではないんですけど」

「なんだ。不審か？」

「大いに不審です。私には」

「根拠は？」

「板橋署の江川に続いて、約一週間で二人目ですから」

「二人とも事故という可能性もある」

「私の周囲、ひいては首席の周囲で、一週間で二人も死に、その死の実態がすぐに特定できない、という事態はいかがでしょう。起こり得る可能性は極小と考えます」

長島は一瞬動きを止め、顔を上げた。

興味の光が、その目に見えた。

「なるほど。因果の中心をどこに持って行くか、だな」

「それに、お忘れですか。私だけではありません。江川の死に対する、組対特捜の東堂警部補の肌触りも、感覚は他殺です」

廃工場での凄まじいまでの鬼気、そして、磯部桃李の関わりの有無。

通常の事故に鬼気は有り得ないし、磯部の関係の有無を思考しなければならない事故も有り得ない。

「そうか」

頷き、頷きのままにデスクに顔を向け、任せる、と長島は言った。

「ああ。だがこれは丸投げではあるが」

「心得ています。では」

観月は長島の前を辞去した。

合同庁舎の外に出て、すぐに携帯を取り出す。

掛ける相手は、愛知の山本玲愛だった。

――はぁい。次の呑み会のお知らせですかぁ。早いですねぇ。すぐに普通に、のほほんと出た。

「あれ？　あ、私の担当か。ゴメン。そっちはまだ」

――じゃあ、なんでしょう。

「あのさ、敷島さんのことなんだけど」

――敷島？　誰でしたっけ。

「例の秀美さんの部下だった、お見合い紹介の人」

――ああ。

「調べてくれないかな」

――調べるって、何をです？

「全部。調べられることは全部」

——うわ。丸投げですねえ。私もこれで、結構忙しいんですよ。第一、たいがいのことはもともと上司で署長だったんだから、秀美さんのルートでいけません？

「死んだの」

それだけ言った。

玲愛が黙った。

「秀美さんには聞けない。聞けば聞けるかもしれないけど、やっぱり、聞いちゃいけない気がするんだ」

——了解でーす。

口調は変わらなかったが、内包するものは大違いになった、気がした。

真剣に向き合ってくれることに、いささかの疑念もない。

打てば響く、信じるに足る、優秀な後輩なのだから。

敷島の署内での立場、所轄域での振る舞い、個人的な交友関係、その他、敷島に関係するいくつかの事々。

——じゃあ、一件に付き手羽先十本、よろしくでーす。

玲愛は電話を切った。

その間に、観月の携帯に不在着信があった。

牧瀬からだった。

すぐに折り返した。

「どうしたの」

――いえ。あの、バタバタなのはわかりますけど。

裏ゲート開通セレモニーが滞ってますが、と牧瀬は言い難そうに、だが言い切った。

「あ、いけない。今日だったたっけ」

バタバタと、ジタバタとして、心を軽くする。

人の死はそうやって、送るものかもしれない。

観月は残暑の陽射《ひざ》しに手をかざし、地下鉄桜田門の駅に駆け出した。

二

九月八日は、金曜日だった。

観月はいつも通り、定時に本部庁舎に登庁した。

今月に入ってからというか、敷島の死以降というか、とにかく牧瀬班は全員がブルー・ボックス専従となった。

九月からは本庁・所轄を問わず、ＱＡＳの余波は基本、受け付けないという通達が、警務部参事官・露口の名でなされた。

効果はてきめんで、直後から協力依頼の一切が途絶えた。

「むぅふ。私の名も、まんざらでもないようだな」

と露口はわかりやすく鼻を膨らませなどした。

が、露口の下に小さくだが列記された、〈監察官室首席監察官・手代木耕次〉の名が効いたのだろうとは、おそらく警務部全体の統一見解だった。

とにかく、このことによってかねてよりの方針通り、牧瀬班がブルー・ボックスに専従できる環境が整った。

荷物や残務の移動は、約二日間で速やかに実行された。

とはいえこれは、全員の出勤場所が葛西のブルー・ボックスになり、証拠品・押収品の保管作業が優先になるということであって、これまでの業務の一切を放棄するということは意味しない。

あくまで牧瀬班は警務部人事一課監察官室管理官の小田垣観月の部下であって、その勤務先はブルー・ボックス内であっても、〈警視庁警務部　監察官室分室〉だった。

「なんか、空気は違うかな」

デスクなどの備品はそのままでも人が来なくなった分、気持ち的になんとなく広く感じる。朝イチの監察官室を、観月はそんな風に眺めた。

いつもの席に観月が登庁前からいつもいる、手代木の姿が無いのも大きかったかもしれない。

この日、手代木は直々に行うことになった監察官聴取のため、別の管理官を引き連れて早々に出掛けることになっていた。

向かったのは、池袋だった。警視庁第二池袋分庁舎の、組対特捜隊本部だ。

監察官聴取の対象は、遊班所属の東堂絆警部補だった。

前週土曜の深夜から日曜早朝に掛け、東堂は渋谷署や高井戸《たかいど》署の刑事課や組対課までをも巻き込み、半グレの暴走集団と対峙《たいじ》して大立ち回りを演じたらしかった。重軽傷者多数で、何人かの死者も出たようだ。

すべての捜査結果は夜を徹し、月曜中にはまとめられた。

その総資料を可及的速やかに検討分析した結果がこの日の、首席監察官による監察官聴取だった。

死亡事故そのものに関して東堂たち捜査陣に責任がないというのは、前後の関係からして最初から明白だった。

が、だからといって捜査の手順から態勢、人員の配置など、すべてにおいてお咎めなしかどうかとなると、これは様々な意見の出るところだろう。

ようは、微妙なのだ。

関係各位が鳩首《きゅうしゅ》した結果、監察官室の判断にすべてが委ねられるということに決した、と観月は露口から聞いていた。

監察官室の判断とは、責任者である手代木の判断ということに他ならない。

誰が見ても聞いても警視庁上層部からの体《てい》のいい丸投げだったが、手代木はなんの異を唱えることもなく、肯首して粛々と事に当たった。

たとえ尋ねたとしても、

「監察官が監察官聴取をする。その判断を報告する。誰であろうと、どんな場合であろうと、なんら変わるところはない。これは私の職務であり責務だ」

とでも言っただろうか。

手代木はそんな男であり、そういう上司だった。

この日登庁した観月は、少し広い監察官室で横内班と打ち合わせをした。

主な話は、九月後半に行う予定になっている、所轄への通常監察の細かいスケジュールについてだった。

翌日までに主任の馬原と久留米で暫定的なプランを策定するということで打ち合わせを終了すると、時刻はもう、昼近くになっていた。

この段階までに、手代木たち監察チームからはなんの連絡もなく、帰ってくる予兆もなかった。

東堂だけでなく、渋谷署組対課の下田《しもだ》巡査部長や刑事課の若松《わかまつ》係長など他にも何人かが参考として聞き取りの対象ではあった。

手代木が一連の細部にまで拘《こだわ》るとしたら、なかなかの長丁場になるのかもしれない。

午後に入ると、いつもなら観月はブルー・ボックスへ向かうが、この日は違った。

――そんなに早くなくていいけど、今日、来られるかい？

正午直前に、加賀美からそんな電話が入ったからだ。

ブルー・ボックスの牧瀬に連絡を取り、葛西の前に回ることにした。

赤坂署に着いたのは、午後三時半を回った頃だった。

赤坂署は第一方面に所属し、署員二百九十名を抱える大規模署だ。庁舎もそれ相応に大きい。

受付で所属と姓名を名乗るだけで、観月は特に案内は請わなかった。

加賀美は署長室にいた。

観月は少しの悪戯心で、ノックとほぼ同時にドアを開けた。

「失礼します」

バタバタと加賀美がデスクの引き出しに隠すのは、老眼鏡だ。

「あっととと。はや、早かったね。もう少し後でもよかったのに。――ていうか、いきなり開けるのはマナー違反だってこの間も言わなかったっけ？」

「すいません。以後、気を付けます」

前回は観月も想定外だったから見はぐった感があるが、今回はそれとなくだがしっかりと確認した。

老眼鏡はサイドに飾りがあって、ピンクフレームだった。

まあいいわ、と加賀美は椅子から立ち上がった。

手で観月に応接のソファを示す。

テーブルの上には、何やらの紙箱が載っていた。

「まっ」

観月の反応は早かった。甘い物には目敏《めざと》いのだ。

紙箱には、〈坊っちゃん団子〉と書かれていた。小振りな求肥《ぎゅうひ》餅を抹茶、黄味、小豆のこし餡で包み串に刺した三色団子で、愛媛松山《えひめまつやま》の銘菓だ。元祖の団子は夏目漱石も口にしたと言われる。

箱は十六本入りで、重なるように二箱あった。

「休暇の最後にね、ちょうど向こうから今日帰ってくるのがいてさ。頼んどいた。当然、お前さん用だよ」

「有り難うございます」

早速、一本を手に取って口にする。あんこが格別だった。

ちょうど、係の若い署員が緑茶を運んでくれた。

団子と緑茶、思わず、ほうっと感嘆に繋がる声が出た。

どうにも場にはそぐわないかもしれないが、至福の時だ。

「いいね。食べながら話そうか」

加賀美も緑茶を飲み、まずは今日の監察官聴取の話になった。

東堂警部補の件だ。

「ずいぶん派手にやったみたいだね。少なくともうちの署じゃ、今週になってからその話題で持ち切りさ」

「そうですか。まあ、本庁内も似たようなものでしたけど」

立て続けに団子に手が伸びた。

坊っちゃん団子は、小振りが売りでもある。

「監察官聴取だってね？」

「ええ。うちのトップが」

うわ、手代木さんかい、と加賀美は顔をしかめた。

「まあ、それほどの事件だったってこともあるけど、手代木さん直々ってのは厄介だね。東堂君はあたしにもうちの署員にも大いに馴染みだし、なんといっても組対の異例特例、大河原《おおがわら》部長の秘蔵っ子だ。面倒なことにならなければいいけど」

「そうですね。でもまあ、そんなでもないんじゃないかと私は思ってますけど。うちの監察官って、皆さんが思ってるほど意地悪でも意固地でもないですよ」

「ん？　そうなのか？」

「私も似たようなこと、聞いたんです。そうしたら」

十二本目に手が伸びた。

もうひと箱ある、とわかっている余裕だけでも幸せだが、言うまでもなく、十二本目など途中経過に過ぎない。

緑茶が美味かった。

それだけでひと箱が丸々、すんなりと胃の中に収まった。

――どうもこうも、私は予断も予見も持たない。いいか、小田垣。信念に則った正義の執行は、捩《ね》じれがないかの確認がすべてだ。ないと判断すれば責任の所在は一刑事から警視庁という組織に移り、監察官室が負うことになる。その判断と覚悟を決める作業が、いわば監察官聴取なのだ。

「と言ってましたね」

「へえ。あのおっさんが」

「たしかに、木で鼻を括《くく》ったような回答ではありますけど。けど、〈信念に則った正義の執行〉が監察官の正論にしてテーマだとしたら、東堂君なら真っ向から撥《は》ね返すんじゃないですか？」

「なるほど」

そうかもね、と言いながら壁掛けの時計に目をやり、加賀美も観月が開けたふた箱目から一本を手に取った。

ちょうど、四時だった。

時刻を知らせるカノンが、静かに鳴り始めた。

三

カノンのメロディが終わると、待っていたかのようにデスクの内線が鳴った。

加賀美が団子の串を咥えたまま席を立ち、スピーカのスイッチを押した。

「はいよ」

——署長。お客様です。

「ああ。そうね。わかってる。時間通りだからね。通していいよ。あ、あとお茶をさ、急須、ううん、ポットで持ってきて」

やがてノックがあり、ポットを持った職員に続いて入ってきたのは、

「あら。いたんだ」

私服の増山秀美だった。

増山は大きなボストンバッグと、紙袋を下げていた。

「その方が手っ取り早そうだったんで、呼んどいた」

加賀美が言えば、増山は、そうね、と同意しながら近場にボストンバッグを置いた。

「観月、あんた、玲愛になんか頼んだんだって？」

「あれ。聞いちゃいました？」

「聞いたっていうかさ」

増山が応接セットの向こう、加賀美の隣に座り、

「はい」

と紙袋からずんぐりとした何やらを取り出し、加賀美の前に置いた。

包装紙のデザインには見覚えがあった。

「あれ？」

「向こうで会ったのよ。玲愛に」

堂島ロールで間違いないだろう。

生きて帰ることが出来たなら、今頃敷島から送られて来ていたはずの、大阪土産の定番だ。

「今、東京に帰り着いたばっかりだから」

「帰り？　ああ、行ったんですか」

「そうよ」

観月の呟きに、増山は強く頷いた。

「じっとしてていいのかってね。そんな自問自答の結果だけど。結局ね、行って来たんだ。大阪に。有休まで取ってさ。それで、玲愛とは向こうでバッタリ会った。真面目に自分で動いてたわよ」

「そうですか。納得です」

「まったく。あの娘《こ》もあなたも、私はいい後輩を持ったものね」

観月は言葉にせず、ただマッシュボブの裾を左右に揺らした。

加賀美が咳払《せきばら》いをした。

「ああ。そうですね。はいはい。いい先輩も持ちましたよ」

増山は薄く笑い、テーブル越しに紙袋を観月の方に差し出した。

「これは観月。あなたの分よ。気にしてくれたお礼ね。だからこっちは、定番の堂島ロールじゃなくてフルーツロールだったかな。四本」

有り難うございますと頭を下げ、恭しく観月は受け取った。

食べたいという衝動はあったが、この場は坊っちゃん団子だ。気持ちが揺れるだけでも団子に失礼だ。

（集中、集中）

六本目と七本目を両手に持った。

増山はあら、美味しそう、と一本を手に取る。

残りはあと八本だ。

「それで、向こうはどうでした？」

食べる。食べながら聞く。

「そうね。――行ってよかったわよ」

口調に感じるのは、わずかな強張《こわば》り、わだかまり。

「とは？」

増山はソファで足を組み、腕を組んだ。

「木村勝也、だったかしら。相当にいいタマね」

舌に味わう団子の風味から、わずかにだが甘さが抜けた。

敷島を疑った江川の一件のリークに関しても、同席の木村をその後、気にしなかったわけではない。二人引く一人は、一人だ。

けれど、研修中には敷島にかかずらって、特に木村はノーマークだった。

敷島の死に関しても木村本人には、大阪に帰ったという鉄壁のアリバイがある。

ノーマークだった分怪しく、一日早く木村が帰阪したということと、その翌日に敷島が殺されたことの因果も考えれば、逆に相当怪しい。

けれど、木村に関して考えられるのはそんな肌触りの悪さ程度で、確たる物証などは何もなかった。

だからこそ観月はその辺りのことも、玲愛に頼んだ、〈敷島に関係するいくつかの事々〉の内に、一つとして含んではおいた。

「あなたが気にしてたって玲愛から聞いた。私も気になることがあってね。ほら、例のお見合い五連チャンの人たち」

なんかウラがある、とたしかに増山は茶会の席でも断言していた。

「ああ。言ってましたね」

「それで、大阪に入ったの。全員に会って話を聞いたわよ。同業者のことだから、みんな口は重かったけど。だけど、敷島さんの最期には無念の思いがあるみたいでね。最後には話してくれたわ。結果として、行き着いたのが木村勝也よ。木村とね」

竜神会、と増山が言えば、さすがに加賀美もソファに軽く身構えた。

観月も、坊っちゃん団子の最後の一本に伸ばし掛けた手を、一瞬だけ止めた。

続く増山の話に拠《よ》れば、敷島は薄々、木村と竜神会の関係に気付いていたようだった。

幼いころから木村を知る、その目と、物好き世話好きの情が、どうしようもない木村の荒《すさ》びを知覚したのかもしれない。

今回の東京行きも、先に決まったのは木村の方だったという。

木村の父、義之から本部長に連絡があった直後だったらしい。

「その辺はまあ、府警内の薄暗いところだけど、敷島さんは本部長職に色気有り有りの、副本部長に繋がってたみたいね」

木村の父・義之が欲の塊のような男だということは関西方面では特に周知だった。敷島は今回の視察・研修に、勝也と、正式に船出する東京竜神会との接触を勘繰った。刑事の勘、というやつだったろう。

そこで敷島は、副本部長を焚《た》き付けてなんとかライバル署を出し抜き、木村の同行者に収まった。

この暗闘というか、本部長と副本部長の駆け引きが、なかなかはっきりしたスケジュールが決まらなかった理由のようだ。

ようやく東京行きが決まりはしたが、そこで、はたと敷島は考えた。

基本、木村の行確《こうかく》は東京竜神会との接触があるか、ないと断定できるまでの作業となる。全日全夜を覚悟しなければならない。

一人では到底無理だった。

考えに考え、捻り出した奇策が増山の見合い、だという。

――キャリアはんやけどな、たしかに昔は尖《と》がっとって、〈住之江の女狐《めぎつね》を怒らすな〉とか言われとったけどな。ええ女やで。今会うたらビックリするで。頭ええし、こう、バインとしとるし、笑うとな、ゴッツう可愛《かわい》らしいんやで。身銭切ってもな、俺は惜しない、思うで。なあ、後生や。東京行こうや。まあ、行かな、後は知らんけどなあ。

増山をダシに使ったそんな殺し文句だか脅し文句だかで、とにかく五人は選ばれたようだ。

日替わりの見合いで、日替わりの行確。

もっとも、実際に敷島は自分でも言った通り、人工島における住之江署の実効支配のアピールも背負っていたようだ。

木村、住之江署、東京見物、あわよくば増山の結びの神。

さすがに関西人というか切れ者というか、敷島は抜け目なく、一石三鳥も四鳥も載っけ盛りにして東京にやってきたらしい。

「けどね」

増山は団子を食べ終え、串を置いた。

「全員に話を聞いてきたけど、行確の結果、木村に不審なところはなかったみたい。行確に不備もね」

「そうですか」

観月も最後の串の最後の一個を、頷きで飲み下した。

「それでも、そうですね。ああ、なるほど」

お茶を飲む。

「なんだい？」

加賀美が疑問符を投げた。

「少し、繋がりが見えました。江川の廃工場の件、竜神会が姿を見せなかったのは、木村のリークかもしれません。いえ、間違いないかと」

報告を上げたとき、手代木の第一声も、

――ヤクザが少ないな。

だった。闇マーケットとしては申し分ない品揃《しなぞろ》えだったにも拘らず、

――なぜ竜神会系の組がいない。不思議なことだ。

とも言った。

木村なら前日のうちに教えることができた。敷島ではなく、木村だったのだ。

「でもさ、それだけじゃあね」

加賀美が堂島ロールを持ってソファから立った。

「ええ。敷島さんの死には完全にノータッチですしね。でも――」

「でも、気になるんだね」

「ええ。何もないわけはないんです」

ＩＲ、の言葉を敷島の口から聞いたときから、引っ掛かってはいた。

ただ、何もなければそのまま流せたくらいのワンワードだった。

しかも、それぞれの人物や事象を芯に置くなら、それぞれはそれぞれのエピソードであり、それぞれのアクシデントだ。

けれど、観月とブルー・ボックスを芯に置けば様相は変わる。

江川勝典、木村勝也、敷島五郎。

廃工場でのオークションに姿を現さなかった五条国光の東京竜神会。

木村の父も絡む、大阪府警によるブルー・ボックスの視察・研修。

江川の死、敷島の死。

そして、磯部桃李こと、サーティ・サタンのリー・ジェインと、IR関連ビジネス。

磯部のみ関わりの深浅《しんせん》は曖昧だが、とにかくすべてを坩堝《るつぼ》に入れて掻《か》き混ぜれば、立ち上る香りは、小田垣観月というアロマで間違いない。

「いずれにしても、何かがあるんです」

江川と敷島の死因、その因果。

廃工場で感じた、尋常ならざるほどの鬼気の正体。

磯部桃李、リー・ジェインの狙い。

そして、自分の関わり、アロマの理由。

「わかった。お前の場合、放っておくのが一番危ういからね」

加賀美は署長室の外に顔を出し、切って、と誰かに言った。

何を、かはすぐにわかった。

ソファに戻った加賀美は空身だった。

「他に、何かあたしに出来ることは？」

と加賀美が聞いてきた。いや、聞いてくれた。

「そうですね」

江川の事件における捜査本部の資料、敷島の死に関する資料、その全部。

そんな辺りを端的に告げれば、加賀美と増山が同時に頷いた。

そうこう打ち合わせているうちに、観月の携帯にメールが入った。横内からだ。

目を通す。

内容は短かった。

「何？」

加賀美が身を乗り出した。

「えっ」

「いや。なんか嬉しそうだったからさ」

横から増山も覗《のぞ》き込んでくるが、こちらは首を傾《かし》げた。

「そうでした？　私にはわかりませんでしたけど」

「ふん。あんたはがさつだからね」

「放っといてください」

「あの」

掛け合いの間に、携帯を仕舞って観月は割って入った。

「東堂警部補、お咎めなしだそうです」

ああ、と増山も納得顔になった。

「署長。お見逸《みそ》れしました」

「ま、ほら。あたしはいずれ、警視総監になる女だから」

加賀美が胸を張る。

「呑みに行くかい」

と加賀美が言えば、

「行きますか」

と増山は即答で同意した。

山本はいないが、急遽《きゅうきょ》、妖怪の茶会が決定だ。

それはそれでいいが、二人とも大事なことを忘れてはいないだろうか。

観月は手を上げた。

「あの、堂島ロールがまだ」

「わかってるよ。あんたの食い気は。呑みはその後の話だ。けどさ、観月。今日はあんたの奢《おご》りだよ」

胸を張った姿勢のまま、加賀美が言った。

「ええっ」

「当然だろ。お前とブルー・ボックスの件でみんな動いてんだ」

「あれ？　そんなみみっちいこと言います？　未来の警視総監が。逆に奢ったりしません？　――よっ。加賀美総監っ」

「仕方ないなあ」

まだ胸を張ったまま、加賀美がにんまりと笑った。

四

二十三夜の月が、東の空に昇り始める頃だった。

桂欣一《かつらきんいち》は曽根崎《そねざき》にある、お初天神《はつてんじん》近くのコンビニにいた。

正確には店外の端に設けられた、喫煙スペースだ。

最後のひと口を思いきり吸い込んだ煙草《たばこ》をスタンド型の灰皿で揉《も》み潰し、紫煙を吹き上げる。

煙草は仕舞いのひと口が身体に悪い分、一番美味いというが、煙と一緒に流れ出るのはただの愚痴だった。

「まったく。東京も大阪も、どっちもどっちや。なぁんも考えんと人使いの荒いこっちゃで。敵《かな》わんなあ」

若狭《わかさ》がいなくなってから、がぜん桂は忙しくなった。

それまで仕事は、大きくは若狭と二分してやってきた。死んでも補充がないのだから、桂の仕事が倍になるのは簡単な理屈ではあった。

もっとも、若狭がいようといまいと、九月初旬に東京で国光に指示された一事や、この夜大阪で仕掛けるつもりの一事などの、裏事《うらごと》を請け負うのはたいがい桂だった。

若狭は若狭で、どうやらバグズハートの白石《しらいし》と関係を持ち、情報の分野で竜神会内を泳いでいたようだ。

桂はといえば、竜神会本部とのパイプで、主に荒事・裏事の世界で竜神会全体とつながってきた。

若狭は光に近く、桂は闇に明るい。

紙一重、表裏は、いいバランスだ。

若狭とはそんな関係だった。

しかし、一カ月半前に若狭が殺され、バランスは崩れた。

崩れたどころではない。桂の方に雪崩《なだ》れ込んできた格好だ。有無も是非も唱える間もなく、表も裏も、竜神会も竜神会本部も、すべてを桂が一手に引き受けなければならなくなった。

ちなみに人はよく間違うが、竜神会と竜神会本部は、大部分は重なってはいるが同一ではない。

例えば現在、竜神会総本部長の席は、五条国光が東京竜神会の東京代表となってから正式には空位だが、竜神会本部の本部長は、木下《きのした》という関西の名門私立大卒のインテリヤクザだった。

竜神会本部とはつまり、〈大阪竜神会〉とでもいえばわかりやすいか。

東京の国光は竜神会総本部長の自分が行った以上、東京竜神会の方が竜神会本部より上だと思っているようだが、会長の宗忠《むねただ》がどう思っているかは不確かだ。

「ま、しばらくはなんでも屋で日和見《ひよりみ》や。東京と大阪ぁ、疲れっけどな」

桂は同じ場所から動かず、次の煙草に火をつけた。もう十本目だった。

「東京代表と西の本部長か。いずれ決着はつくやろ。ＴＳの田中《たなか》ぁ、思うたより呆気なかったしな」

ＴＳ興商の田中稔《みのる》。

それが、五条国光から指示を受けて桂が潰した、東京の相手だった。

そうして、この夜に仕掛け、この夜中に潰す相手は、木村勝也という府警本部の準キャリだ。

そのためにまずこの時間、木村勝也を新地の会員制クラブで呑み食いさせていた。同行して時間を調整しているのは、依頼者でもある竜神会本部・本部長の木下だった。

桂がコンビニで煙草を吸うのは、だから木下から連絡が入るまでの時間潰しだ。

事の発端は、木村本人の警視庁への出張だった。

視察・研修という話だったが、その辺は桂の関知するところではない。

ただ木村から、

――あの刑事をなんとかしてくれ。

と、竜神会と木村の関係に気付いたらしい敷島という刑事のことを、そもそも大阪では前から打診されていたようだ。

敷島が、おそらく木村と五条国光の密会辺りを憶測し、金魚の糞《ふん》よろしくついて行くことになった東京行きは、ちょうどいい機会だったろう。

だが実際、木村と竜神会の関係は、なにも五条兄弟のどちらかとの関係ではなかった。

木村がズブズブの関係だったのは、実は竜神会本部の本部長、木下だったのだ。加えて、そこに損得で絡むとすれば、桂の親である芦屋《あしや》銀狐《ぎんぎつね》だ。

だから――。

東京で木村が、五条国光と会う予定など端《はな》からなかった。それを勘ぐり、ノコノコついていったのが、敷島という男の運の尽きと言えた。大阪の刑事が、領域である大阪を離れて動いてもいいことなど何もない。場の力学は、混入した異物を排除するようにして働くものだ。

そうして敷島は、木村のアリバイが完璧になった後で死んだ。手配したのは竜神会本部か芦屋銀狐かのどちらかだが、手を下したのは桂ではなく、どうやって殺したのかもよくは知らない。

実のところ、木下から最初に敷島の始末を打診されたのも桂だった。

──東京に行くくっちゅう刑事の始末、あんさんの方でどないでっしゃろ。まあ、もうひと筋あるにはあるんですがね。そっちはどうも、ガタピシ音が聞こえてきそうなオンボロでしてな。出来れば、あんさんの方に任せたい思てますが。

と言われたが、さすがにこれは断った。

八月二十三日から月末一杯までの出張。無難にこなし、最後に不在証明のため一日早く帰阪。

始末のスケジュールはシビアに、八月三十日から三十一日の東京と決められていた。

「無理っすわ。こっちで似たような用事を言いつけられましてん。文句があるんでしたら、東京代表に言うてもらえまっか」

ＴＳ興商の田中と組対特捜の東堂の一触即発が、ちょうど予断を許さないギリギリのタイミングだった。

案の定、敷島が死んだ二日後の九月二日に、桂は田中の派手な逃走劇に自ら動いた。動かざるを得ない仕儀だった。

それからすぐ事態の鎮静化を待って、大阪にしばしの里帰り中だった。まったく敵わんなあとは、にも拘らず帰った矢先の地元でまた一人、つまり、木村の始末を言いつけられたことに対するボヤキだった。

十一本目を、スタンド灰皿に思いっきり押し付けたときだった。

――馬鹿ボンボン、だいぶ呑んでな。もう帰る言うて、そっち向かったわ。代行の話はしといたで。

木下からそんな連絡が入った。時刻は十一時半を回っていた。

「了解」

――私はこのまま、店から出んとアリバイ作りや。後は、あんじょう頼むで。

「へいへい」

桂はすぐに、近くのシティ・ホテルの地下駐車場に向かった。

途中で伊達眼鏡《だてめがね》を掛け、地味なキャップを被り、地下に降りる直前にメカニックグローブも装着する。

これはもう、〈仕事〉における桂のルーティンだった。

駐車場には木村自身の車があり、桂は木下が手配する、運転代行サービスの業者ということになっていた。

「木村、勝也さんでっか」

「ああ」

「お待たせしました」

待っていた木村に鍵を借り受ける。

木村はフラフラとした足取りで、だいぶ酔っているようだった。

もっとも、ある程度まで酔わせるのも危険回避の手段の一つだ。

「ほなら、後ろの座席にどうぞ。助手席には私の荷物を置きますよって」

「ふうん」

木村は唯々諾々として桂の言葉に従った。

それで、準備は完了だった。楽なものだ。

本当を言えば、変装もさして必要ないくらいだった。

このシティ・ホテルの駐車場には、常連にしかわからない防犯カメラ上の死角が何カ所か〈設置〉されていた。

〈密会〉を記録しないのもサービスの内だと嘯《うそぶ》く、商魂逞《たくま》しいホテルだった。

（そのお陰で、俺の仕事は鼻歌混じりなんやけどな）

桂はゆっくり、運転席ではなく木村の収まった後部座席に回った。

「東京で死んだこっちの刑事のほとぼりも、もう冷めたやろてなあ。それでGOが出ましてん」

「ああ?」

怪訝そうな木村に、桂は笑い掛けつつドアを開けた。

「あんたさんなあ、もう不必要やて。親父さんは嘆くやろうけどなあ。うちの上が言うにはな、親父さんだけおればええんやて」

「ばっ。えっ。そ、そんな」

酔いは一気に醒《さ》めただろうが、喚《わめ》くのもそこまでだった。

桂がグローブの手で押さえつけた。

「へへっ。泣くに泣けんわな。大丈夫。すぐにな、泣くも笑うも、恨むも出来んようにしたるわ」

躊躇《ためら》うことなく、桂はナイフで木村の心臓をひと突きにした。

反射的に出る木村の手をナイフに誘導し、柄《つか》を握らせ、その状態で捻った。

「ぐっ。ぶぅぅうっ」

死の痙攣《けいれん》を始めたことを見定め、車の鍵を閉じ込んでドアを閉め、その場を離れる。

裏事は躊躇ったり遊んだりせず、出来るだけ素早く済ませるのが証拠を残さないコツだ。

来る行程の逆の手順でグローブ、帽子、眼鏡を取り、お初天神のコンビニまで戻る。

改めて吸う一本は、禊祓《みそぎ》のようなものだったか。

それから新地の場末に潜り込み、普段より呑んだ。

殺しに躊躇いはないが、いつも胸の内に粘っこい澱《おり》がこびりつく気がした。

酒で洗い流すのは、それこそ禊祓だったか。

なかなか酔わない酒だった。店を出たのは朝の五時だった。

朝陽はまだなく、東の空がうっすらと白んでいた。

「ちっ。朝ぁ、こんなに遅かったっけか」

黎明《れいめい》の空を背にブラつく。

二キロも歩けば、福島《ふくしま》区にある竜神会のフロント名義で借りたマンションに辿《たど》り着いた。

マンションには、フロント四社の名義で五部屋あった。その内のひと部屋を、大阪に戻ったときの桂が占有していた。

エレベータで九階に上がる。左右に長いマンションだが、桂の部屋は左側の、非常階段の近くだった。

朝陽は眩《まぶ》しく、すでに蒸れるほど暑かったが、さすがにまだ人気はなかった。ラジオ体操にもまだ余裕がある。

ドアを開けようと、取り出した鍵の束を鳴らした。

と――。

「桂、欣一さんだね」

そんな問い掛けがまず、非常階段を上ってきた。

「ああ？」

と酒臭い息を吐いたきり、何もする暇はなかった。

「あんた、ずいぶん人の恨みを買ってる面《つら》だね」

問い掛けに続いて寄せてきた風が、桂の下方でいきなり吹き上がる感じだった。

「覚えておきな。恨みっていうのはね。返されるんだよ」

錆《さ》びた声が聞こえたかと思いきや、風は桂に巻き付いた。

人の形を認識したのは、その直後だった。

しかし――。

人の形は桂の懐で小さな渦となった。

いや、旋風《つむじ》か。そんな唸りも聞こえたような気がした。

（違ぇ。人の技だ。んだよっ。こんなとこでよっ）

恐怖しかなかった。

それでも咄嗟《とっさ》に抵抗した。必死にこらえた。

けれど――。

こらえ切れるようなものではなかった。

それどころか、たとえ桂の体重が倍あったとしても、苦もなく引き抜かれたに違いない。

桂の必死な抵抗自体、笑えるほど無駄な努力だった。

柔よく、剛を制す。

（な、なんじゃこらっ）

一瞬にして身体は地を離れ、共用廊下の手摺《てす》りを越えた。

「うおぉぉっ」

いくら暴れても、桂の回りにはもはや何もなかった。

視界に、天地逆しまに揺れる新淀川《しんよどがわ》の煌《きら》めきが見えた。

それがこの世で、桂が最後に見た景色だった。

五

土曜日のブルー・ボックスに、トレーニングウェアに身を包んだ観月の姿があった。
定例の巡回だった。
この日は二階を走る。
「馬場君、聞こえる？」
――良好でぇす。
いつもと同じ馬場の声だった。
変わらないことの重さを確認する。
不変であるには、心にエネルギーが必要だ。
そう言った意味では馬場もやはり、得難い人材の一人だったろう。
自分の部下に配属されたことに、口にはしないが感謝する。
「じゃ、行くわよ」
――いつでもどうぞぉ。
波風のない声に送られて走り出す。
走りながら確認を進めつつ、深く思考した。超記憶の作動と思考は別のものだ。マルチタスクで稼働する。

　木村勝也が死んだと、しかもこちらは紛れもない他殺だと知らされたのは金曜の朝イチ、登庁してすぐのことだった。

――すぐに来い。

　そんな鉄の声で、長島に官房の執務室に呼ばれた。

「今さっきな、向こうの本部長から連絡があった」

　長島は短く、木村の次男坊が死んだと言った。

　匪石《ひせき》にしては、鉄が少し罅割《ひびわ》れた感じだった。

　匪石にしても、情だろう。

「堂島にあるシティ・ホテルの地下駐車場で、自分の車の中、後部座席だそうだ。だいぶ酔っていたらしいが、自殺の線はどうだろうな。いくら酩酊《めいてい》に近い状態であっても、人はそう簡単に自分を殺せるものではない。まあ、今回は間違いなく他殺だろう。だから呼んだんだが」

「他殺、ですか」

「そうだ。胸をひと突き」

　長島は執務机の上で腕を組んだ。

「お前とブルー・ボックスの周りで三人の死者。最後であっても、そのうちの一人が他殺で決定となれば、不審は大いに事件の匂いを発して、前の二人もクローズアップする。さすがにこれは、何某《なにがし》かの関連、あるいは意図に基づいた事件、でいいのだろうな。ただし、連続ではなく、一連、という感じで」

「はい。いいと思います」

「そんなところをな、大阪の本部長も感じたのかもしれん。自分の名で送った二人が二人とも死んだということは、二人ともが理由はどうあれ、直接的に関わっていたということに他ならない。自身と府警に落ち度は作るまいと、おそらくその辺の判断から、朝イチの連絡になったわけだ。——と、ここまではいいとして、だ」

腕を組んだまま少し上向きの姿勢で、やはり触るのか、と長島は聞いてきた。

観月は立ったまま、動かない表情のままに真っ直ぐ見下ろした。

「どうでしょう」

「なんだ、それは」

かすかに長島が笑った、らしい。

「お前らしくないな」

「らしさがわかりませんが」

「猪突猛進《ちょとつもうしん》」

「それ、褒めてますか？」

「冗談だ」

「わかりません」

「真っ直ぐな正義、か」

観月は強く顎を引いた。

「手代木監察官の部下、としては職務から逸脱します。ただ、手代木監察官も認めるしかないところの、ブルー・ボックスの管理者、つまり、長島首席監察官の手駒としてなら、大いに働きどころはあるのではないでしょうか」

「なんだ。回りくどいな」

「そちらが触るのか、と丸投げにするからです」

「ふむ」

長島は腕を解き、椅子に深く背を預けた。

「俺の名を出せば通るよう、向こうの捜査本部には、府警本部長から通達させることにしてある」

「なんです？　首席の方がわかりづらいと思いますが」

「小難しい話は五十代の武器で、物忘れは六十代の特権だと聞いたことがある」

「――なら、仕方ありませんね」

大いに努めます、と一礼し、観月は長島の執務室を辞した。

取って返して監察官室に戻ると、

「失礼しますよ」

と、待っていたかのようにいかつい男が顔を出した。

捜一第二強行犯捜査第一係長の真部《まなべ》利通《としみち》警部だった。

面識はお互いにあった。

「お。いたいた」

真部は指先に一本のUSBを挟み、観月の前にやってきた。

「生安の増山課長に頼まれたもんです。元板橋署の江川に関する捜査資料」

「うわ」

観月は思わず顔を覆ったが、指の間から覗き見る手代木は自分の書類から顔を上げもせず、微動だにしなかった。

長島に呼ばれたことの意味もあり、真部の携えた物が、かろうじて監察官室に関わる方、つまり、現役警官の証拠品・押収品の横流しが絡む方だったたからか。

手代木の四角四面は本当に、いつもながらだが線引きが鮮やかだ。

ここにも一つの、感心するほどの不変があった。

「有り難うございます」

「おっと」

観月がUSBを受け取ろうとすると、真部は手を引っ込めた。

「なんでしょう」

「いや。そんな真顔で睨まれてもですね」

真部は口元を少し吊《つ》り上げた。

「このUSBの中に詰めてきた物ぁ、捜査陣の命です。ジックリ預けるってのは、さすがにどうもね。一度、目を通すだけだと課長は言った。だから了解したんです。渡す前に聞きますが、それで、いいですね」

目に多少の好奇心と、挑むような炎の色があった。

「ああ。結構です」

観月は冷蔵庫から十万石《じゅうまんごく》ふくさやの十万石まんじゅう五個入りを取り出した。

薯蕷饅頭《じょうよまんじゅう》の定番にして廃れることのない銘菓だ。

真部にも差し出す。

「お一つ、いかがです」

「じゃあ、遠慮なく頂きます」

銘菓とUSBは、ほとんど物々交換の様相を呈した。

観月は十万石まんじゅうを口に咥え、USBを起動させた。

その後、半分ほどを齧った。

真部は矯《た》めつ眇《すが》めつし、丸ごとを口に放り込んだ。

「おっ。美味ぇな」

居合わせた森島が真部に茶を出した。

「どうぞ」

「おっと。有り難ぇ」

もう一つまんじゅうを摘《つま》み、真部は茶碗を口に運んだ。

啜《すす》りながら視線を観月に動かし、そこで真部は咽《む》せた。

「お、おい。管理官。一度目を通すだけですぜ。まずスクロールで追っ掛けるってなぁ、そいつは約束違いだ」

声が尖った。

さすがに捜一の係長だと思えたが、観月は特に気にしなかった。

「スクロールじゃないですよ。防犯カメラの映像とか、動画は送りませんから」

部屋の真向かいで空気が揺れたような気がした。

もしかしたら真部の見当違いな怒気を、手代木が笑ったのかもしれない。

「管理官。人の話、聞いてたかい」

「終わりました」

「――えっ」

「吟味は後でします。取り敢えず、有り難うございました。そうだ。お礼に、お好きだったらこの十万石まんじゅう、どうぞ。お気になさらず。まだ五箱ありますから」

「あ、ああ」

ＵＳＢと十万石まんじゅうを押し付ければ、どこか狐に摘まれたような顔で真部は帰っていった。

データには、特に目新しいことはなかったが、時間と系統をチャートにしつつ脳裏で反芻《はんすう》していると、午後になって加賀美から携帯にメールが入った。

こちらは敷島についての、浅草署の資料だった。扱いは事件ではないので、資料としてはそう多くない。

脳挫傷と確定された死因の分析とアーケード側に設置された防犯カメラの映像、その他実況見分の所見やらなにやらの細かい報告書etc.。

特に目立ったものは何もなかった。

防犯カメラは少し遠めだったが、敷島の識別は容易だった。

たしかに混雑の中で、足を滑らせたような感じだ。

仰向けに倒れてゆく顔が、途中まで何が起こったかわからないように無表情なのが印象的で、それがすべてだった。

そうして夜に入ると、今度は愛知の山本玲愛から電話があった。

この日は忙しい一日になった。

話はまず、大阪で増山と会ったことの顚末《てんまつ》から始まった。半グレに絡まれ、絡み返した話。

敷島への献杯がいつしか大酒になった話。

とにもかくにも大阪で、泣いて笑った話。

――で、ここからが本題。きっと、先輩はまだ知らないかな。

「何？」

――うちの課のルートで大阪から回ってきた、マル暴絡みの話です。

山本の課ということは、警備警察のルートだ。

なら、警察庁警備局の裏作業班、ＯＺ《オズ》も絡むかもしれない。山本は確実に、キャリアとしてそちらの道を歩んでいる。

「へえ。ヤクザも範疇なんだね」

――〈ヤクザな商売〉、は全部って思ってもらえればわかりやすいですかね。もっとも、本物のヤクザでうちが相手にするのは、大阪の竜神会と北陸の辰門会だけですけど。

「なるほど」

――だから、ね。わかりますよね。

「他言無用、かな」

マル秘、いや、最上級のカク秘扱いということか。

そういうことです、と前置きし、

――東京竜神会出向中の、芦屋銀狐の桂欣一が死にました。首の骨を折って。マンションからの転落死です。

と、山本は言った。

「えっ」

話の脈絡が、暫時わからなかった。

――木村勝也が死んだ、約五時間後です。現場は福島区にある、竜神会のフロントが借りてるマンションらしいんですけど。

山本の言葉が続いた。

――無関係ですかね。

「ん？　それは？」

――府警は、躍起になって切り離そうとしてます。たしかにまだ断定はされてないですし、断定するつもりもないんじゃないでしょうか。

山本の言葉には、不満が聞こえた。疑念と言い換えてもいい。

「ああ。木端《こっぱ》ヤクザの死は握り込む、とかかな。そうか。それでそっちも絡むんだね。〈ヤクザな商売〉、は全部って中には、身内も入ると」

ヤクザと癒着し、揉めた結果殺された府警の職員は、特に本部長には汚点だろう。それで、握り込むことにしたか。

ならば、やがて木村の事件そのものも、捜査本部の縮小とともに有耶無耶《うやむや》にするつもりに違いない。

ご明察、と山本は電話の向こうで声を弾ませた。

――そこら辺を握ってガチガチに貸しを作るのも警備局の作業、うちの範疇、と思ってもらえれば。

「有り難う。頼んだことの仕分けはこれからだけど、どう？　手羽先五十本くらい？　足りないかな」

――手羽元五十本もお願いします。

「多くない？」

――働きました。

そんなトリの交渉を八十本で妥協し、電話を終える。

「さぁて」

すべての情報が、観月の元に収斂《しゅうれん》し始めていた。

それにしても、すべてはまだまだ曖昧だった。

六

——オールＯＫっす。終了ですね。まったく異状なしは初めてじゃないですか？

馬場の声が、思考の海から観月を引き上げた。

「珍しいっていうか、これが本来じゃない？」

——そうですね。

所定の位置で待機していた牧瀬や時田に出番もなく、かえって使わなかった筋肉をほぐすようにして各所から姿を現す。

観月はゆっくり歩いてクールダウンを始めるが、結果として思考はまとまらなかった。

心身はともに、どうにもスッキリとしない。

（わからない）

二階を走り切ってもなにかもどかしく、

「馬場君。順調過ぎるから、今日はこのまま三階も見ようか」

——えっ。いや、管理官。それはさすがにオーバーワークじゃ。

「そんなことないわよ。ねえ、係長や主任はどう？」

俺ぁいいっすよぉ、という牧瀬の生の声が、遠くから響いた。

――私も、別に。今日はまだなんにもしてないんで。今のところ働いてんのは、管理官だけですから。

時田も肯定する。

「じゃあ、決まりね」

水分補給だけは十分取り、三階も走る。

こちらにはいくつかのチェック箇所があった。回って正解だったかもしれない。

「けの十二、左右が入れ替わってる」

――了解。

前日、長島の名を出して府警天満《てんま》署の捜査本部に木村勝也の件に関する資料を頼んでおいたら、この日の朝イチに、嫌味なほどの捜査資料がメールされてきた。

五分ですべてを記憶に収めた。

走りながらチェックしつつ、府警からの捜査資料も反芻してみる。

「たの八十六、ガムテが取れてる」

――あ、私が。

検視報告はもとより、防犯カメラ映像も大したものはない。

そもそも死角での出来事だったようだ。そんなホテルだと、付記もあった。

「ねの一、単純に開いてる」

――俺が近いっすね。はい。

けれど――。

観月とブルー・ボックスを芯に置いた様相には、新たに木村勝也の刺殺と、同日の桂欣一の転落死が加わった。

坩堝で掻き混ぜて立ち上る香りは、さらに強烈に、小田垣観月というアロマを際立たせる。

まだ全体は五里霧の、その遥かな向こうだった。

それにしても――。

観月の中では、たしかに何かが引っ掛かっていた。

だが引っ掛かりは、ただざらついた据わりの悪さを伝えるだけで、それ以上前にも左右にも動きはしなかった。

願わくば、あと、ひと押し。

(何かないか)

堂々巡りを何度か繰り返しながら、思考はまったく進みはしなかったが、実際の巡察では三階も走り切った。

チェックには牧瀬と時田が動いているが、特に大きな疑念を感じる箇所はなかった。

自分たちの証拠品や押収品を確認に来た連中の、雑な取り扱いがすべてだろう。

それならそれで人物まで特定し、近々観月の名でこってりとした注意をする。

これもブルー・ボックス担当の仕事だ。

——お疲れ様でぇす。

インカムから馬場の声が聞こえたが、すぐには返事が出来なかった。

さすがに疲労は脳を含む全身に澱のように溜《た》まっていた。

——管理官。大丈夫ですかぁ。

「大丈夫だけど。取り敢えず、シャワー浴びるわ」

シャワー室に入り、熱いシャワーを浴びる。

吹き出す汗が収まるのを待って髪の毛を乾かす頃には、脳疲労は別にして、肉体的疲労はだいぶ軽減されていた。

暫時、クールダウンも兼ねた軽いストレッチをしてから分室に出る。

と、全員の目が一斉に観月に集まった。

「何？」

「いえ。管理官っていうか、女性がシャワー浴びてるってわかってんのに、呼びに行くのもなんだかなあって係長が言うもんで」

馬場が、持って回り過ぎてわからないことを言った。

「だから、何？」

「ですから、それ」

馬場の指が、応接のソファに置かれた観月のバッグを示した。

「携帯の電話の方っすね。ずいぶんな回数で鳴ってました」

「あら」

ノンストップの二階と三階にシャワーも合わせれば、都合四時間は携帯を不携帯にした。

鳴りはするかもしれないと思っていたが、ずいぶんの数、は解せなかった。

不在なら伝言、あるいはメールが今は基本だ。

「ああ。なんか納得」

見れば、電話はすべて和歌山の父・義春からだった。

「なんだろ」

その場で掛ける。

気心が知れた部下のみだからというのもあるが、いったんソファに座ると、立ち上がるのはどうにも億劫だった。やはり二十キロ以上を走った疲労は、足腰に溜まっているようだ。

電話は、すぐにつながった。

「なぁに。急用?」

——なぁに。急用? じゃない。当然、用があるから掛けたんだ。

いつ帰ってくるんだ。当日か? と義春は聞いてきた。

「……」

一瞬だけわからなかった。

だがこういう場合、一瞬でも命取りになるのが親子の間の取り方というやつだ。

「あっ」

やっぱりな、と父は間髪を容れず溜息をついた。

——お前、また忘れてたな。まったく。明後日が敬老の日だってことも覚えてないんじゃないのか。

「ゴメン」

——いや、いい。そうじゃないかと思ったしな。それに、こっちはこっちでなんとかなる。

「ええっと。あれ？　なんだって？」

——一人でなんとかなると言ったんだ。

「嘘。危ないよ。ゴメン。謝るからさ、意地張らないでよ」

——意地じゃない。お前が帰ってきたら驚かそうと思ったんだがな。本当にもう大丈夫なんだ。いや、なんとな、久し振りに帰ってきた井辺《いべ》さんが、お盆辺りから先週まで、ときどき整体術を施してくれてな。

「えっ」

そう言ったきり、観月は絶句した。

——昔話に花を咲かせたりしてな。いい時間だった。そういうのも活力源になるのかな。いや、井辺さんの術の凄さだろうが。研磨だけでなく、凄い技を持っていたとな、恥ずかしながら、父さんはこの歳になって初めて知ったよ。きっと、井辺さんだけではないんだろうけれど。おい、観月。

聞いているのか、と問い掛けられて初めて我に返る。

——だから、無理してお前が帰ってこなくてもこっちはこっちで。

「帰るわ」

最後まで言わせなかった。

口調も、頑として有無を言わせない、厳しいものになった。

「帰る。絶対。ギリギリになろうと、絶対に帰るから」

――ん？　そうか。まあ、それならそれでいいが。

義春との電話を切ってすぐ、観月はソファに身を投げ出すようにして天井を睨み、そして黙った。

静寂が分室内を支配した。

牧瀬も馬場も時田も、観月の一変した雰囲気を感じたようだ。みな息も潜ませ、音も立てなかった。

観月は最初から現在までの一連を、細大漏らすことなく超スピードで反芻した。

捜一の真部や大阪府警からの捜査資料、赤坂署の加賀美、生安の増山や愛知の玲愛がもたらしてくれた情報、それらもすべて時系列に従って一連の流れに落とし込んだ。

隠し味は磯部桃李、リー・ジェイン。

脳の奥が、燃え上がる感じだった。

「馬場君。朝買ってきたタイ焼き」

「あ、は、はい」

馬場が持ってきたタイ焼きを機械的に口に運ぶ。

買ってきた五個はすぐに胃の中に消えたが、片頭痛のような脳疲労はまったく消えなかった。

　まずは身体的疲労の回復に回されたか。

「馬場君。次、舟和《ふなわ》のあんこ玉」

「了解です。面倒なんで、青野《あおの》の最中《もなか》も持ってきときます。こっちは八個入りが三箱ありますから」

　舟和のあんこ玉、九個入りひと箱で、取り敢えず超記憶の片頭痛は収まった。

　牡丹《ぼたん》最中で思考を再開する。

　繰り返し繰り返し情報の海に漂い、何度も一連を追体験し、疑似体験する。

　脳内に明滅し浮沈し交錯し前後する記憶と思考は、波のようだった。脳疲労のノイズもまるで潮騒《しおさい》だ。

　潮の香り、磯の匂い。

　血の匂い、鉄のアロマ。

　そして、血の味は鉄錆《てつさび》のテイスト。

　ひと箱半を〈補給〉したところで、観月は最中の手を止めた。

「辿り着くしかないのかな。そこに」

　一連の流れから、ざらついた座りの悪さは消えていた。

　消えれば動くことが出来る。感じることも出来る。

「けど一体、なんで？　なんでまた和歌浦に戻って、戻ってまで」

五里霧は今や、観月を芯に音を立てて回り始めた感じがした。

いずれ時が来れば、晴れるだろう。

ただし、晴れた先に見えるものは何か。

大いに覚悟しなければいけないかもしれない。

いや、すでに現在、見たくないと思う心が、覚悟を先延ばしにしているだけかもしれない。

それで、回るだけで霧が晴れない。

「馬鹿っ」

誰に言うともない罵声を床に浴びせる。

「馬鹿よ」

観月は席を立った。

誰もついては来なかった。

そんな気軽な雰囲気は、全身から排除していた。

「あの、管理官」

どちらへ、と牧瀬が聞いてきた。

「その辺。散歩」

カード・キーを出しながら、観月は一度振り返った。

「ああ。それ、勿体ないから、残り食べていいわ」

赤坂青野の最中がひと箱半、十二個。

全員がそろって、首を横に振った。

終章

一

翌週の金曜日は、全国的に良く晴れた一日になった。

晴れればまだ残暑はあったが、猛暑ではなくなった。

顔を上げれば蒼天《そうてん》に見掛ける雲はもう、積乱雲より積雲の方がずいぶん多くなり、高くなっていた。

九月下旬は巡る季節として、秋の入口で間違いなかった。

「さてと」

馬場は、四段に重ねられた五十五インチモニタの前でキーボードを叩いた。

モニタに、稼働が始まったばかりの裏ゲートの様子が様々な角度から映し出された。

カメラアイの画像は鮮明で、警備の詰所も含めてすべてを申し分なく網羅していた。

　ちょうど、一台のウイングバントラックがゲート前に到着するところだった。

　予約の時間通りだ。それで裏ゲートにスイッチングしたのだが、表も裏も搬入搬出に関しては、ルールと時間を厳守しなければボラードが下りることはない。

　これがクイーンの方針として、ブルー・ボックスに関わる全員が徹底していることだった。

　馬場は手続きの様子を確認しつつ、壁の時計に目をやった。

　もうすぐ、十一時半になろうとするところだった。

「裏はあと、一件だったかな」

　ブルー・ボックスへの入場はやはり、基本は正面玄関がある表ゲート側になる。

　裏ゲートは、そちらから入った方が真正面になって荷捌《にさば》きが便利なDシャッタ用で、表が混雑して搬出入が滞ったときにだけ、Cシャッタの分を便宜的に流す。

　と、開通セレモニーのときに観月が宣言し、アップタウンの早川営業統括本部長が補足した。

　そもそも前を走る都道の幅員自体が違うのだから、これは妥当なところだろう。

「四十五分に、城南署の軽トラか」

　モニタの一台でリストを確認すると、馬場の腹がけたたましい音を立てた。

　この日、ブルー・ボックスの監察室分室にいるのは、朝から馬場一人だけだった。

一人は気が楽と言うことも出来るが、何かあったときの対処を考えるとそう浮ついてばかりもいられない。

観月とは違った意味で真剣さが外に出ないだけで、馬場はこれでも、監察官という仕事に誇りを持っていた。責任の重さも感じないわけではない。

休日が、時間外労働が、とたしかによく口にはするが、それは労働環境について声を上げているだけで、別に仕事そのものを詰《なじ》っているわけではない。

かくして馬場は、茶の一杯もトイレの一回を気にして飲まず、モニタの前から動かなかった。

逆に今朝は、少し寝坊ぎみでもあった。だから朝食も食べていない。

一人になると最初からわかっていたら、たとえ多少遅刻してでも駅前で何かを食ったか買い込んできたのに、と今さら言っても状況が好転するわけではないことはわかり切っていた。

「あと三十分か。気が遠くなるなあ」

ひと区切りの正午まで腹は鳴り続けるのだろうか、とそんなことを漠然と思っていると、モニタの中では表ゲートのウイングバントラックが動き出していた。

と、背後で分室のドアが開いた。

分室員が入って来るわけもないことは、今朝のバタバタとしたスケジュールとして明らかだった。

「お二階さんよ。これ、うちの母ちゃんが作った煮物っ……って、と。あれ？」

入って来たのは大振りのタッパーを抱えた、中二階の高橋係長だった。

分室内を一周、怪訝《けげん》そうな顔で見回す。

「なあ、馬場。今日は、あれか？　ここはまだ、お前一人なのか？」

「見ての通りですけど」

「ってえか、まだって時間じゃねえと思うが。もうすぐ昼だぜ」

「そうですね。まあ、昼が夕方になっても、おそらく今日は私一人ですけど」

馬場が答えると、あれぇっと高橋は頭を掻いた。

「参ったな。今日は午後から消防訓練だって、あれほど言っといたのにな」

「言っといたって、誰にですか？」

「誰にって、クイーンだよ。決まってんじゃねえか。まあ、念には念をってな、そっちの係長にも言っといた」

「わははっ。ビンゴぉ」

馬場は笑って顔をモニタから高橋に移し、手を叩いた。

「凄いですね、係長。ある意味、百発百中です」

「なんだよ。それ」

「係長が言っといたっていう二人が揃っていないんです。なんたって一緒ですから」

「へえ。なんだい、一緒かよ。――い、一緒だぁ?」

手のタッパーを取り落としそうになり、高橋は慌てて手近なデスクの上に置いた。

「一緒ってお前ぇ。で、デートか」

「うわ。なんでそうなるんですか」

「えっ。――なんだ、違うのか」

高橋はつまらなそうに肩を落とした。何を期待したのだろう。馬場にはわからないから話を進めた。

「一緒っていうか、正確にはですね。目的地が一緒で目的は若干違うって、そんな感じでしょうか」

「よくわからねえな」

「私もわからないんで、どうしようもなくここに一人なんです」

この日の朝、馬場がブルー・ボックスに到着してすぐのことだった。

そもそも時田は公休日で、森島は夜勤明けで馬場と入れ替わりに帰宅した。

搬入搬出という業務にはルールと時間の厳守が課せられているが、〈継続捜査〉には最大限の協力を惜しまないと、これもクイーンの打ち出した方針だった。

捜査員がいつ何を思いついても確認できるよう、この九月から夜勤の担当が交代で置かれた。

　中二階の連中も交えてのシフトで、今朝までが森島の担当だった。

　だから今日は最初から馬場と牧瀬に、午後から管理官が顔を出す予定で、それがこの日のフルメンバーだった。

――ああ。馬場君？　ゴメン。今日は休むわね。

「あれ。風邪でも引きましたか？」

――ううん。今日はね、ＫＯＢＩＸの和歌山製鉄所で、例のセレモニー。

　そんな電話が観月から掛かってきたのは、馬場が森島を送り出した直後のことだった。

　馬場は引継ぎ担当として普段より早めに出勤したので、牧瀬も中二階の連中もまだ、ブルー・ボックス場内には姿もなかった。

「ああ。あれっすか。先週、お父さんと話してた件」

――そう。考えをまとめてたら、本当にギリギリになっちゃった。

「和歌山ですか。それだと、明日もそっちですかね。一泊二日とか」

　少し間があった。切れる管理官にしては珍しい、と馬場は率直に思った。

――どうだろう。それで済むのかな。

「え、二泊っすか。だったらさすがに、提出書類を書かないと」

――書類か。そうね。

何かを考えるような間が空き、電車が来たから、とだけ観月は言って電話を切った。

さすがに、馬場でも気になった。

何かを考えるような普通の間、というものが観月にはあまり考えられなかった。

普通っぽいことが実は、普通ではない証拠になる。

「ううん」

腕を組んで考える。

「なんだ。なんかあったか」

そんな馬場の様子を、ちょうど出てきた牧瀬が見咎《みとが》めた。

「えっ」

「お見通しだよ。お前が朝から何かを考え込むって仕草が、まず有り得ない」

「それって深いんですかね。浅いんでしょうか」

「平らだろ」

そんな会話の流れに巻き込むようにして、観月の不審な挙動を話した。すると、

「そいつぁ」

今度は牧瀬が考え込んだ。

牧瀬が思い悩むように考えごとに耽《ふけ》るのはいつものことだから、馬場は放っておいた。

暫時の時間が過ぎた。

やがて、おもむろに牧瀬はバタバタと動き出した。

「出掛ける。今日は直帰にしといてくれ」

「急に今からっすか。どこへ？」

「和歌山だ」

「和歌山って、あれ？　係長もＫＯＢＩＸのセレモニーですか」

「ばぁか。そんなもんに俺が出てどうする」

「じゃあ何を」

管理官に決まってるだろうが、と牧瀬は強く言った。

「管理官っすか？」

「そうだ。先週からよ、俺も気にはなってたんだ。管理官はよ、もしかしたら何かの答えに辿り着いたのかもしれねえ。いや、杞憂《きゆう》ならそれでいい。その方がいい。けどよ、その何かが向こうにあるんだとしたら」

わからないでもない。

馬場も先週の電話以来、観月がどこかおかしいとは思っていた。

その疑心に照らしても、やはりさっきの電話も奇妙だった。

「何かの答え、ですか」

馬場は呟いた。呟いてみて、言葉の重大さに気付く。

「えっ。何かって、この一連の事件しかないじゃないですか。それ、ひ、一人でですか」

「慌てんなよ」

牧瀬はロッカーから緊急時のダークスーツ一式を取り出し、丸めてリュックサックに押し込んだ。

「そういう人だろ、昔っから。危なっかしくてよ。そのくせ滅法強くってよ」

「でも、ホントにそうなんですか」

「んなこたぁよ」

行きゃあわかる、と言って牧瀬はリュックを背負った。

「逆に、行かなきゃわからねえ。わからねえから」

行くんだよ、と言い残し、牧瀬は分室から飛び出して行った。

「考える前に動け、ですね。――了解でぇす」

ぽつんと残された馬場は、だからイレギュラーのシフトに甘んじ、少なくともこの日の監察官室分室の職務は、一人で全うすると決めた。

二

ＫＯＢＩＸ鉄鋼和歌山製鉄所における、この日のセレモニー自体は午後だった。それにしても、観月が新大阪から乗り継ぎ、最寄りの紀伊中ノ島《きいなかのしま》駅に到着する頃には十二時半を回っていた。

急ぎも焦りもしなかったが、結果的にほぼ滑り込みとなった。

有本の我が家に辿り着いたのは、そこからさらに十五分後だった。

「ほう。半信半疑だったが、本当に帰ってきたんだな」

和歌山市立病院の病床以来、約二カ月振りに会う義春は、本当に驚くほどに回復していた。

杖もなく補助装具もなく、庭先に一人で立っていた。

庭には、薄紅の酔芙蓉《すいふよう》が咲いていた。

見頃の花だった。

義春は立襟の白いシャツに、シルバーに輝くネクタイをしていた。

上着のモーニングジャケットを羽織れば、さすがは元総炉長の貫禄《かんろく》と威厳だろう。晴れの日を迎えた喜びが全身に満ち溢《あふ》れているようだ。

我が父ながら、観月には義春が若やいで見えた。

「それにしても、ずいぶんギリギリだな」

苦言を呈するようで、それでいて口元は柔らかかった。

観月は肩を竦《すく》めた。

「このギリギリさで、東京での日々を慮《おもんぱか》ってくれると嬉しいけど」

「忙殺とは、忙しさに殺されることだ。気を付けたほうがいい」

義春はゆっくりと寄ってきた。

見る限り、歩様にも乱れはまったく見られなかった。

井辺さんの丹念な整体術のおかげで間違いない。

速度がゆっくりなのは、そこまで望んでは罰《ばち》が当たると笑えるほどに、どうしようもないだろう。

「昼は食べたのか」

「あ、うん。新幹線の中で」

「ならいい。極力、三食はどれも抜くな。それこそ、忙しさに殺される第一歩だ。俺は何人も見てきた」

返す言葉はなかった。元総炉長の言葉は重い。

ちょうど、母・明子がそろそろ時間だと言ってきた。

明子はセレモニーには出席しないが、グレーに統一したインフォーマルスーツを着ていた。

車で義春を送迎するから、会場には行くと聞いていた。

「ねえ。井辺さんは？」

義春に聞いてみた。

しかし、

「ん？　ああ。そう言えば、ここ何日かは見ないなあ」

返る答えは捗々《はかばか》しくないものだった。

「セレモニー、来るかな」

「さてな」

「聞かなかったの」

「そうだな。いや、聞けなかった、のかな」

「そう」

会話はそこで途切れた。

敢えて先を追わなかった。

今日は元総炉長にとって、晴れの日だ。悲しみはそぐわない。

ましてや、父だ。親不孝は、したくもない。

「ほら。行きますよ」

明子が軽ワゴンの運転席から呼んだ。

「おう」

義春は答え、後部座席に乗り込んだ。観月は助手席に回った。家から和歌山製鉄所までは、道程にして十キロ近くはあった。さすがに、病み上がりでなくとも、そうそう歩ける距離ではない。

義春は若い頃、ジョギングも兼ねて走って通った時期もあったというが、今は昔だ。観月が物心付いたときには、義春はもう自動車通勤だったし、一キロを走る姿を見たこともない。

明子の運転する軽ワゴンに乗って紀ノ川を越え、土入川《どうにゅうがわ》を渡る。広大な敷地に高炉の聳《そび》える、ＫＯＢＩＸ鉄鋼和歌山製鉄所の正門は目の前だった。

ブルー・ボックスなどとは比べるべくもなく、民間の大企業の、一大セレモニーの場は空気自体が盛り上がっていた。

普段なら記名と身分証を求めるはずの守衛所も、今日は全員がにこやかにしてフリーパスのようだった。

開放された区画には屋台も出、地元の和太鼓奏者や若者のダンス・パフォーマンスもあるという。

ただ、ＫＯＢＩＸ本体の小日向社長や、総理名代として小日向和也、県知事の列席もあるというセレモニーそのものの場には、さすがに許可された人間しか入れないようだった。

周囲にも会場内にも和歌山県警の警備部からそれなりの人員が派遣され、目を光らせているらしい。

「へえ。賑《にぎ》わってるね。こんなの、ここにいたときには見たことない」

観月は正門近辺に、人々の明るい笑顔を眺めた。

「それだけ、鉄の賑わいは久し振りだということだ」

「まあ、そうか。そうね」

そのとき観月は、一瞬だが何かの既視感を覚えた気がしたが、車窓からでは確認はできなかった。

軽ワゴンはスムーズに敷地内に入り、案内に従って駐車場に向かった。

混雑はあったが、混雑を越えて広い駐車場に渋滞はなかった。

軽を降りてすぐ、観月は歩道を走ってくる男の姿をとらえた。

管理官っ、と響く声がよく聞こえた。

牧瀬だった。

すぐに目の前にやってきて、両膝に手をついて荒い息を吐いた。

逆に観月は吸った。

「よくわからないんだけどさ。ねえ、係長。あなた、こんなとこで何してるの?」

「何って」

牧瀬は背を起こし、反動のように胸を張った。

「護衛、にならないのはわかってます。せめてお供のつもりですよ。俺は」

「えっ」

「一人で動かれるのは、あまり褒められたことではありません」

毅然《きぜん》として言われた。正論だ。わかってはいる。

癪に障るが、反論は出来なかった。

「観月。こちらは?」

父母が怪訝な顔をしていた。

そうだ、忘れていた。

「あ、牧瀬広大君。東京の私の部下で、係長さん」

おお、と義春は威儀を正した。明子も倣う。

「初めまして。観月の父です。いつも娘が大変お世話になっております」

「あ、い、いえ。恐縮です。こちらこそ」

「娘を、よろしくお願いします」

「お任せください」

通り掛かる人がみな、なぜか微笑《ほほえ》ましげに見て通った。

「ちょっと。なんか聞いてて変な遣《や》り取りしないでよ」

それから観月は、父の介添えとして後ろに控えつつセレモニーの招待客を迎え、自身も列席した。

牧瀬は、どちらにしてもセレモニー会場までは入れないのでナイトとして明子に当てがった。

秋の陽《ひ》の蒼天の下、五百人を超える列席者の見守る中、挙行されたセレモニーは盛大なものだった。

義春の勇退を祝う、現職たちからの花束のサプライズもあった。そのまま父のスピーチも聞いた。

なかなか見栄えのする、父の姿だった。

式の最後には、竜の背を上る蟻《あり》のように、ぞろぞろと何人もが新第二高炉に上がっていった。

義春は上がらなかった。

「いいの？　そのためにリハビリとかも頑張ってたんでしょ」

すぐに、いいんだと笑った。

「怪我してな、遠くから何度も眺めるうちに思った。この高炉はな、遺物じゃない。これから火入れなんだってな。これは、今の奴らの儀式だ。だからこの高炉は、これから何十年、ここで働く者たちが泣き笑いしながら見上げる、奴らのな」

シンボルなんだよ、と言って、義春は上から手を振る元部下たちに目を細めた。

「俺は花束で送られる。それでいい」

「へえ」

「なんだ」

「やるね。父さん」

それこそ、今までで一番格好いい、父の雄姿だった。

「お前に褒められてもな」

「ひと言余計だよ」

セレモニーは、夕方四時には終了した。

漫《そぞ》ろに帰路につく人々を送る。

そこまでは父も含めて迎えた側の、仕事だった。

結局、最後まで井辺さんの姿はなかった。気には掛け、意識の投網も最大限に広げたつもりだったが、気配の欠片《かけら》すら捕まえられなかった。

けれど、観月には絶対近くにいるという確信があった。

なぜなら今日は、鉄鋼マンにとって大事な儀式の日だからだ。

義春は常々、

「火入れは、大事な儀式だ。鉄鋼マンの祈りと願いで吹き上がるんだ」

と言っていた。

どこかできっと、井辺さんも新高炉に祈りと願いを注いでいるに違いない。

いや——、祈るなら、願うなら——。

「お疲れ。観月」

愛車の近くで明子が手を振った。

牧瀬が控えていた。

二人とは、最後に駐車場で合流した。

「さて」

帰るか、と大きな花束を抱えて言う義春に、観月は小さく首を振った。

「ちょっと寄りたいところがあるんだ。先に帰っててくれない？」

「え、何。どこかに行くの？　それなら車で回るわよ」

観月は黙って肩を竦めた。

牧瀬の表情がわかりやすく引き締まった。

明子から離れ、観月の側に回る。

父の目が、何かを見定めようとしていた。

感情が表情には出るわけもないと、そんな困った自負はあるが、それでもやはり、見詰められると親の目は怖かった。

「そうだ」

大事なことを思い出し、観月は自分のショルダーバッグを漁《あさ》った。

「これ」

義春に差し出したのは、ほぼ白髪のひと束だった。

「来月、だよね。関口の婆ちゃんが九州から来たら、渡して」

「お、おい。まさか」

義春だけでなく、明子の目も揺れた。

「そうだよ」

観月は大きく頷いた。

「元第二高炉長、海の向こうで亡くなったんだって」

「……そうか」

義春は言ったきり、明子は肩を落とし気味に、暫時黙り込んだ。

「じゃ。行ってくるね」

背を向けると、牧瀬がついてきた。

おい、と義春の声もついてきた。

「観月。夕飯までには、帰って来いよ」

「――わかった」

「牧瀬君も、食べていけばいい」

「ありがとうございます」

牧瀬が義春に頭を下げた。

それで、車と歩道の二手に分かれた。先に明子の軽ワゴンが製鉄所を出た。

見送りながら、観月も正門から出て和歌山の市街へ向かう。

「行くわよ」

「どちらへ」

「言ったってわからないでしょ。ついてくればわかる」

「そうでした。了解です」

ここからはそれぞれ、アイス・クイーンと部下の顔だった。

観月の足取りは、決して急ぐものではなかった。

東京に比べて西の和歌山は日没も遅い。

急がなければ消え果てるという可能性も、たぶん考えられなかった。

最初からそこにいるならいて、今もいて、いないならいない。最初からいない。

土入川を越え、紀ノ川を渡り、来た道を五キロほど戻る。

さすがに太陽が西に大きく傾き、和歌浦がオレンジに輝く頃だった。

観月が向かったのは、そんな夕暮れ時の若宮八幡だった。

本殿の階《きざはし》に、ちょこんと座っている老爺《ろうや》がいた。

観月が境内《けいだい》に上がると、歯を剝《む》いて明け透けに笑った。

「やあ。来たね」

懐かしい顔であり、泣けるなら泣きたいほど懐かしい声だった。

「あんパン、食べるかい。好きだったよね。俺、まだ三つ持ってるんだ」

差し出される皺くちゃの手、真新しいあんパン。

「……新ちゃん」

「はいよ」

夕陽を浴び、井辺新太《しんた》は、照れ臭そうに笑った。

三

「久し振りだね。お嬢。またずいぶん、綺麗になった」

新ちゃんはゆらりと立ち上がった。

昔から痩せぎすだったが、さらに痩せた印象だった。その分、鉄芯のような印象もあった。

荒《すさ》みはない。

刻苦の果てに中国から海を渡り、逃げ帰ってきたというわけではないようだ。

「父さんを治してくれたのね？」

「そうだけどね。そんな大したことじゃないよ。総炉長はよろこんでくれたけどさ。でも、そうだねえ。それだけでも、帰ってきた甲斐《かい》があったかな」

新ちゃんは、照れ臭そうに笑った。

なのに――。

「江川勝典は、事故じゃないのね？」

「そうだね。俺が飛ばしたよ」

新ちゃんは躊躇いもなく、そう答えた。

「敷島五郎さんも、新ちゃん？」

新ちゃんは微笑みを絶やすことなく、ただ頷いた。

「桂欣一をマンションの九階から投げたのも、新ちゃんね」

また、頷く。

「――どうして」

観月は、自分の声に震えを覚えた。

悲しいのか、哀《かな》しんでいるのか。

いや、それだけではない。

自分は警察官だ。

震えには間違いなく、怒りの感情が含まれていた。

「どうして、そんなことをっ」

新ちゃんは微笑んだまま、静かに首を横に振った。

「俺のしようとしたことなんか、簡単なことなんだな。俺も相手も、気持ち一つ、身体一つ、命一つ。それをまあ、見事に複雑にしてくれたのは、あいつだよ。そうそう。廃工場での爆発もね」

新ちゃんは背後に顎をしゃくった。

「なあ。そうだよな。桃李」

呼び掛けを追うように、観月も視線を向けた。

十全の思考によって、見当はつけていた。

おそらく、指が鳴る。

心のテンションを解き放つ、リフレクソロジー。


パチン。

鳴った。

「なんです？　桃李って」

牧瀬が観月の脇に並んだ。

「磯部桃李。いえ、リー・ジェイン」

観月は思わず呟いた。

「はあ。――えっ！」

牧瀬の気が凝《こご》る。

「リ、リーって、あの、サーティ・サタンとかって、あの」

「黙って！」

牧瀬が聞き咎めたが、今は何度も向き合っている時間はなかった。

本殿の回廊から回り込むように姿を現したのは、果たして予想通り磯部桃李、リー・ジェインだった。

「そう言われてしまうと身も蓋もないですけど。井辺さん、僕はあなたの望みを叶《かな》えたかった。このことに嘘はないですよ」

リーは新ちゃんの背後に立った。

新ちゃんは腕を組んで、身体を傾けた。

「そうだな。うん。それはそうだ。けどよ、それだけじゃなかったよな」

「おっと」

リーは階を素軽く跳んで、新ちゃんの脇に降り立った。

「井辺さん。それ以上は」

「駄目ってのは、無しだな。だってよ」

新ちゃんは拳で、リーの胸を軽く叩いた。

「どうしてだって、お嬢が聞いてるんだぞ」

「それでもあまり過度なおしゃべりは、契約違反になりますが」

「へっ。なにが契約だって？　そんなもの、有効期限切れだよ。わかってんだろ。なあ、桃李」

リーは軽い吐息と共に肩を竦めた。

「関口の爺さんが死んじまってさ。お嬢、最初はね、日本に帰りたいと、それだけを思った。本当にそれだけを思ったんだよ」

新ちゃんは笑って、階を降りた。

境内に、観月と同じ高さに立つ。

昔は、目を合わせるには観月が少し上を向いた。今は同じ角度分、下を向く。

伸びたか、縮んだか。

いかな超記憶も、こういう場面では回答不能だ。

新ちゃんはおもむろに、右手を顔の前に上げた。

「けどその後、この手が震えるようになってさ。総炉長の足は治せても、ミクロンの歪《ゆが》みはもう、とんとわからなくてね。これ以上はいけねえ、もう職人じゃねえやって思ったら、俺ぁ何者かってね。へへっ。人並みに悩んじまってね。そしたら、この桃李が見抜きやがってさ」

「何を？」

「俺の願い。いや、俺の本性、かな」

新ちゃんはゆっくりと、観月の方に歩を進めた。

その背後で、リーも階から境内に降りてきた。

観月までの距離は、約三十メートルくらいだろう。

それでも、甘い杏仁の匂いはした。

「それで、一人さ、頼まれてくれないかってね。桃李が言ったんだ。そしたら日本に帰りましょうって。――へへっ。ギブ・アンド・テイクだな。桃李はいつでもどこでも、ビジネスライクな男だからさ。――まっ、その分、約束したことは破らないし、そんなとこでは、信じられもするんだけどね」

「ははっ。それ、褒められてますかね」

リーは腕を組み、朱塗りの柱に寄り掛かった。

それ以上、前に出てくる気はないようだった。

「ああ。褒めてるよ」

振り返りもせず新ちゃんは言った。足は変わらず観月に向けて動いていた。

「なあ、桃李。最初の頼まれ事、ありゃあ、どこだったたっけ？」

「桂林《けいりん》、ですか」

「そうそう。桂林だった。お嬢、俺ぁ、一人の男と戦ったんだ。桂林の奥地でね。それで投げたんだ。谷底に。おい、桃李。もう一回だ。あいつぁ、なんて名だったたっけ？」

「林芳《りんほう》、ですか」

「ああ、そうそう。林芳だ。けど、中国語より日本語の達者な奴だった。別に聞きもしなかったけど、ありゃあ日本人だったんじゃないかね。ヤクザかな。まあ、なんにしてもさ、お嬢」

沈む夕陽がこの一瞬、新ちゃんに影を差した。

「俺は多分、同胞を殺しちまったんだ。一人も二人も変わらないと言うけどさ。お嬢、大違いだ」

「何が？　罪の意識？」

「逆だよ」

影の中で、新ちゃんがまた笑った。

けれど気配は、在りし日にみんなで日溜まりにいた頃とは懸け離れたものだった。

「使ってみたくなってね。身に修めた柔《やわら》の技をさ。いや、殺しの技をだね」

腕を後ろに組んだまま、観月への足は止まらなかった。

好々爺《こうこうや》の散歩。

風情はまったくそんな感じだったが、話の内容は暗く凄まじく、足の運びは一点の乱れもぶれもない、観月をして溜息が出るほど卓越したものだった。

湖面に立ってさて、波紋は起こるか。

そんな錯覚をさせるほどの足運び、だ。

「しかもさ、お嬢。使うとね、錆付《さびつ》いてた技ぁ、どんどん切れるようになったんだ。躊躇いが無くなれば無くなるほど、人ではなくなるほどってことなんだろうかね。けどもう、使ってみたくて使ってみたくてさ。押さえがね、利かなくなってね」

新ちゃんが、もう二十メートルは離れていなかった。

牧瀬が庇うように観月の前に立とうとするが、手で制した。

制して自ら前に出た。

「それでなの？」

「それでだね。大きくは、それでだよ。でも、さ」

新ちゃんは視線を、一瞬だけリーの方に動かした。

「そんな衝動に駆られるとも、見抜かれて、いや、癪だけどね。きっと見透かされてたんだな」

「見透かされてって。——ああ」

すぐに納得できた。

桃李だ。

リー・ジェイン。ハーメルンの笛吹き男もどき。

関口の爺ちゃんたちは、寂しさから来る願いをリーに見抜かれ、あの海を渡った。

その中から一人、新ちゃんはまたリーに次なる願いを見抜かれ、見透かされて戻ってきたのだ。

「結局、最初の桂林だけじゃなく日本に帰ってからも使われてね。なあ、桃李」

「さて。その代わり、快適な帰国ライフをサポートしたはずですが」

「へへっ。わかってるさ。けど、それでチャラってか？　帰国していきなりが爆発って。ありゃあ勘弁して欲しかったねえ。俺ぁあれで、一週間は耳鳴りが止まなかったんだからさ」

「ああ」

リーは思わず手を打った。

「それであの後しばらくは、誰かが何か言うたびに聞き返してたんですか。僕はまた、てっきり——」

新ちゃんは足を止め振り返り、リーを睨んだ。

「また、なんだよ」

「いえ」

「爺《じじ》い扱いはご免だよ」

吐き捨て、また観月に向き直る。目は変わらず穏やかにして、優しかった。

「まずは実戦で、もっと錆を落とすところからだった。心身共に。そんなことをすれば、心は人から離れてくばっかだろうけど、それもいい。獣でいいとね。身体は、少ぅし時間が必要だったね。快適な帰国ライフをちらつかされて、やっぱり桃李に乗っけられた。その最初が、あの倉庫だね。へへっ。わからなかっただろ」

「そうね」

「桃李にしても、あれは急だったようだね。俺はいきなりひと仕事って連れてかれてさ。なんもわからず裏口から一緒に入らされて、気が付きゃいきなり、ドッカンだ」

「いやいや。ちゃんと、耳を塞いでって言いましたよ」

リーは少し不服そうだったが、

「知るか。あんな騒々しい中で聞こえるかよ。俺ぁ、そもそも少し耳が遠いんだ」

笑える話、であるはずが、笑えない話でもある。

ただ、今の会話で疑問に答えが出たこともあった。

「そう。あの手榴弾は、リー、あなたが投げたんだ」

「是《シー》。リーと呼ばれるのは悲しいけどね。是。今回は、久し振りに日本からの依頼でね」

「それも、いくつかのビジネスの一つ？」

「是。ちなみに僕が投げた手榴弾、警視庁ではアップル・グレネード相当って推論らしいね。でも、言っておくけど、別に僕はジェノサイドをしたかったわけじゃない。だから、実際には散らないよう、弾殻を外した状態のDM51だよ。ドイツの」

「えっ。なんでそんな」

「知ってるかって？」

リーは話の先を取った。

「そんなことくらいの情報網は、至る所に持っているものでね」

リーは悪戯げに片目を瞑《つむ》った。

「ガサ入れのリークは、木村勝也ね」

「是。ただし、あの場に組対特捜の東堂絆まで参戦しているとは知らなかった。君とその辺の警官程度なら、僕と井辺さんでなんとかなると踏んだんだが。不測に備えて、DM51を用意しておいてよかった」

ああ、そうだ、東堂って言ったっけ、と新ちゃんは呟いた。

「ありゃあ凄まじい腕前だね。ただし、剣を取ってなら、だ。お嬢、彼のは、なんかの古流だね」

「そう。正伝一刀流って言ったかな」

「へえ。でもまあ、無手なら負ける気はしなかったね。ただささ、お嬢は別だ。果たして届くかって、あんとき、俺はそんなことばっかり考えてた。それで、江川って言ったっけ。あの男を階段下に飛ばすとき、殺気が漏れちまった」

ああ、それでか。

けれど——。

「なんで、殺したの？」

「最初にも言ったけどね。細かいことは、全部を面倒臭くした奴に聞けばいい。ま、後でね。後があったならね」

新ちゃんは立ち止まった。

観月から十メートルほどのところだった。

「そろそろ、和歌浦の向こうに陽が沈むねえ。いい頃合いだ」

顔を上げ、夕焼けに目を細めた。

「ここから火入れに、祈りも願いも込めた。半分は満足した。鉄鋼マンの俺は、ここで終わりだ。——さて、お嬢」

その日に炎が燃えた。

決して、ただ夕陽の色を映したわけではなかった。

陽炎のごとく立ち上る気配もあった。

強く、濃い気配だった。

「俺の最後の望み、わかるかい」

観月は頷いた。

新ちゃんは満足げだった。

「そうね」

観月はおもむろに、境内の真ん中に進み出た。

進んで、そこで新ちゃんを呼んだ。

「踊りましょうか。私と」

左足を引いて半身になり、小さくひとつ、息を吐く。

それで観月は、形より入り、形を修めて形を離れた。

静中の動、動中の静を自得し表す、即妙体の完成だ。

「うん。ありがとうな」

新ちゃんも進んだ。

「お嬢、乱取りだ。けど、油断しちゃだめだよ。命懸けの乱取りだ」

新ちゃんと二人、互いに三間の、必殺の距離を取る。

「ああ。係長」

観月は、今にも新ちゃんに飛び掛かりそうな牧瀬に声を掛けた。

「はっ」

「絶対、動かないこと」

「え、いや。けど、ですね」

観月はゆるく髪を振った。

「今から私たちは昔に戻るの。この境内は私たちの遊び場で、みんなの憩いの場所だったの。――あなたは知らない。だから、あなたは入れない」

冷たい言い方になったが、それくらいがちょうどいい。

それが部下を不用意な死から守る、観月なりのやり方だった。

四

――絶対、動かないこと。

観月にそう命じられて、牧瀬は動けなかった。

言葉の持つ響きの冷たさ、いや、アイス・クイーンの情。

それはわかっている。

だから何を命じられようと、いざという場面では身を挺《てい》してでも盾として動く覚悟も気概もあった。

しかし――。

動けなかった。

井辺と呼ばれた老人が乱取りだと言う、牧瀬からすれば〈死闘〉に他ならない組み手に、牧瀬は割って入るわずかな隙間さえ見出せなかったのだ。

それどころか、逆に見入った。いや、魅入られたと言い換えても、決して間違いではなかったろう。

牧瀬も柔道では国際強化選手にまでなった、〈戦う男〉だ。

その牧瀬をして瞠目《どうもく》させるほど、井辺はいわゆる、〈達人〉だった。

痩せさらばえてはいるが、そのせいで老けて見えるというわけではなく、井辺は間違いなく七十歳は超えているだろう。

隠しようのない皺は、手先にも顔にも首筋にもはっきりと見て取れた。

にも拘らず、それでいて――。

孤影身から吹き上がる、凄まじいまでの闘気はどうだ。

吹き付ける風と見紛《みまが》う、その圧倒的な総量はなんだ。

それらは、比べれば悲しいほど常人でしかない牧瀬程度では、気を緩めれば呻きが洩れてしまうほどの莫大《ばくだい》な、それでいて純粋に戦うために特化されたエネルギーだった。

そのくせ、前に前にと出る足捌きは軽やかにして、境内の土からはひそとした埃も立たなかった。

緩く静かに見えてときに強く激しく、総じて動きの緩急はまるで、時間の流れさえ操り、恣《ほしいまま》に見えた。

牧瀬は、意識の中で自分が井辺に対してみた。

それがイメージできるくらいの素養や鍛錬なら牧瀬にもあった。

意識の中でなら少なくとも、牧瀬自身も二倍、三倍で動けた。

牧瀬は完璧な、これ以上ない牧瀬として存在した。

それでも——。

（ん、なろっ！）

井辺を捉えることは出来なかった。

それどころか、井辺の伸ばす手、打ち出す拳、ときに繰り出す足刀や踵は、ことごとく牧瀬の意表を突いて襲ってきた。

闇の中、光の角度。

言葉にすればそれで正しいか。

間違いではあるまい。

勝てなかった。

せめて負けないかと思ったが、実戦であったなら一体、何度殺されていたか。

それがわかるほどに、現実にも井辺の一挙手一投足は、凄まじい威力を感じさせるものだった。

牧瀬の背を、一撃ごとに地虫のような悪寒が這《は》い昇った。

（畜生。なんなんだよ。あの歳で、あの体格でよっ！）

牧瀬には、見れば見るほど自身の未熟が思われるばかりだった。

井辺の練達錬磨の度合いと相まって、目指すべき〈武〉の頂は、気が遠くなるほどの遥かに思えた。

人はどうやったら、人の身でそこまで到達出来るものなのか。

獣でいい、と井辺は言ったが、牧瀬は警察官だ。獣でいいわけはない。

人の身のままでは、達することは不可能なのか。

（いや。辿り着かなきゃよ）

牧瀬は一人、白むほどに両手の拳を握り込んだ。

力を内に向ける。

そうすると、胸に揺るぎのない決意が生まれる。

（そうならなきゃよっ）

ならなければおそらく、小田垣観月という一孤の化物の部下は務まらない。

なぜなら――。

恐るべき井辺の動きに、観月は決して負けなかった。

いや、負けなかったどころではない。

観月は常に、井辺の繰り出す動きのすべてを、そのわずかな後からトレースした。しかもまるで苦にする素振りも見せず、井辺のさらに上手をなぞった。

後の先、と言えば簡単だが、達人の後の先を取るなどということは、人の領域では有り得ないだろう。

それを、観月は普通にこなした。

間違いなく人間のままで。

小田垣観月のままで。

無表情はこの場合、おそらく観月が観月でいることの証、でいいだろう。

摺《す》り足の、見惚《みほ》れるほどの麗美さはどうだろう。

踊りましょうか、と観月は井辺を誘ったが、たしかにまるでステップだ。

音もなく当然のように埃すら立てず、手足の大きく円《まろ》やかな捌きは、井辺によって制御された時間の流れに独自の白波を湧き立てて流れるようだった。

全身のバランスも重心が見事なまでに芯に乗り、井辺が何を仕掛けても決してブレることはなかった。

（やっぱり、凄え）

改めて思った。

思えば全身が熱く震えた。

声に出せるなら、大声で叫びたいところだった。

（見ろよ。俺の上司は、凄え）

本殿の階下で見るリー・ジェインも、目を大きく瞠って動かなかった。

牧瀬も二人の乱取りを凝視した。

大学時代の、総監督でもある老師の言葉が、耳に鮮やかに蘇《よみがえ》ってくるようだった。

――牧瀬なあ。どこまでも真っ直ぐにな、堂々と一心に高みを見続けるとな、人は人の身のまま、雲さえ追い越す龍にもなれるんだとよ。

――はあ。

――対してな、天地間に立ち、一点を見定め見極めるとな、人は人の身のまま、大気を響動《どよ》もし大地さえ割る猛虎にもなれるのだそうだ。

——はあ。

——龍虎とはつまり、化物のことだな。

当時は、理解は出来たがイメージの出来なかった言葉だ。

それが今、イメージどころか現実として眼前に展開していた。

「やあっ」

早く軽く、音なき風を巻いて、雲にも届こうとする小田垣観月は龍だ。

「おおっ」

爛として燃える目に観月を映し、一手一足にありったけの気魂を乗せて地を疾《はし》る、井辺新太は猛虎だ。

乱取りの中に〈天地〉は存在し融合し、徐々に一つの塊になった。

足を掛け、掛けられまいと。

手を取り、取られまいと。

肘を打ち、打たれまいと。

体《たい》を崩し、崩されまいと。

強弱強弱、強強、弱弱。

二人の乱取りはまるで、二拍リズムのタンゴのようだった。

それも名手による、極上のダンスだ。

いつの間にか、音はなかった。

いや、油蟬《あぶらぜみ》や混じり始めた蜩《ひぐらし》、塒《ねぐら》へ帰る鳥たちの鳴き声だけがあった。

やがて、井辺が一瞬の脱力で二拍のリズムを崩し、そっと触れるような優しさで観月の手首を取った。

何気ない自然な握手、程度だ。

しかし――。

取れば瞬転して懐に入り、猛気を孕《はら》んで胆を練る。

それが〈柔〉の、卓越した術だったろう。口伝秘儀の技、というやつだろうか。

牧瀬が見ても完璧なほど、井辺は必殺の投げに十分な体勢だった。

「おおっせぇ！」

全身の捻りに風さえ呼び、井辺は渾身《こんしん》の背負いを観月に仕掛けた。

絶妙のタイミングだった。

観月の身体が逆さまになって宙に浮き掛けた。

この技ばかりは駄目だ。

「うおっ」

思わず、牧瀬は目を瞑った。

！

けれど、数瞬が過ぎても観月の苦鳴は聞こえず、それどころか大地に激突する響きさえ、足に伝わっては来なかった。

境内を取り巻く木々のさざめきが聞こえた。

少し風が流れ始めたようだった。

牧瀬はゆっくりと目を開き、見開いた。

声は出なかった。

投げを打った形で、井辺は固まったように動かなかった。

完璧な残心《ざんしん》の位取りだった。

けれど――。

井辺から三メートルと離れない場所に、観月が音もなく、うっそりと立っていた。

こちらも孤影身、夕陽に影を長く引く立ち姿だった。

美しき影は、静かに首を横に振った。

マッシュボブの髪が揺れた。

「駄目だよ。新ちゃん」

悲しげな声だった。

「それじゃあ、私は投げ切れないよ」

なんのことだろう。

いや、何がどうなった。
牧瀬にはわけがわからなかったが、井辺には通じたようだ。
見事なまでの残心の位取りを解き、井辺は背を伸ばして立った。
夕陽を背負う観月に目を細め、ひっそりと笑った。
「そうだなあ」
言って、笑って、井辺は吹き上げるように、真っ赤な血を吐いた。

五

血の赤は狭霧《さぎり》のように吹き流れ、夕陽の赤に混じった。
観月は、血の赤は夕陽より赤いと初めて知った。
「新ちゃんっ」
言葉より先に足が動いていた。
観月は新ちゃんに駆け寄った。
仰向けに倒れ込む身体を抱き止める。
間に合った。
それにしても、驚くほど細く、軽い身体だった。

常人のものではなかった。つまり、常態ではないのだ。

きっと、本来なら乱取りなど到底無理な身体だったに違いない。

それを押して、新ちゃんは対峙《たいじ》した。

いや、そもそも、それだから帰ってきたのかもしれない。

「新ちゃん」

呼び掛けてみる。

「は、いよ」

生きてはいた。

けれど声はもう驚くほどに小さく、呼吸も浅かった。

「ギリギリ、だったなぁ。でも、間に合った。お嬢の本気、肌で感じられた。よく、精進したね。もう俺じゃ敵《かな》わないね。元気であっても、さ」

「なんで、こんな」

「へへっ。要するにさ、手が震えるようになったのも、病んだからでね。身体ぁ、ボロボロだったんだ」

観月はハンカチを出し、口元の血を拭ってやった。

「有《あ》り難《がと》な。ああ。でも、お嬢、関口の爺ちゃんは、大往生だから、安心していいよ。他の連中も元気だ。俺だけどうにも、工場内の場所が悪かったか、そもそも水が合わなかった、かね。へへっ」

　笑うと、新ちゃんの喉が、ゴロゴロと鳴った。

「最後にひと花って思えばさ。お嬢が気になってね。どうしても、お嬢に伝えた技がさ、気になってね。それで、リーの手に、乗った」

　新ちゃんは、大きく肩で息をした。血の匂いが強かった。

「もういいよ。しゃべらないで」

　聞いたか聞かなかったか、新ちゃんは観月の腕の中からリーを探した。

「なあ、リー。ビジネスライクに、俺とのギブ・アンド・テイクは、どうだったたい？　俺ぁ、結構働いたぜ」

「そうですね。嘘も隠しもなく言えば、僕に大いなる分がありましたか」

「へへっ。じゃ、じゃあ、今、返せよ」

「何を？」

「惚《とぼ》けるな。まだ、答えてねえよな。お嬢の疑問に、よ」

　荒い息をつく新ちゃんを抱き上げながら、観月はリーを見た。

「仕方ないですね。是。順番に行きましょうか」

　リーが肩を竦め、階に腰を掛けた。

「まず、今回のクライアントは弟思いと、そう言っておこうかな。で、まず契約時に言われたのが、桂林の林芳のことだった。なんでも、弟さんの秘密を握ってるとか。その内容までは、僕の関知するところではないけどね。無理なら無理でいいと言われたが、そういうのを鵜呑《うの》みには出来ない質《たち》でね。それで僕は、井辺さんに振った。悶々《もんもん》とも鬱々《うつうつ》ともしてるのは知ってたから。これで僕も、かつては戦場に生きた男だからね。井辺さんの本懐も、まあ、見えていたと言っておこう。一石二鳥、という言葉は少し、下衆《げす》かな」

リーはそこまで話すと、視線を観月の右に向けた。

理由は観月にはわかっていた。

夕陽を回り込むようにして、牧瀬がリーの方に動いていた。

「係長っ」

強いひと声で縫い留める。

「けど、管理官」

「黙って」

観月は牧瀬に取り合わず、リーに次を促した。

聞きたいという欲求は警察官としてあるが、勝《まさ》るのは話させなければという使命感だったか。

新ちゃんが最後まで気にして、命じてくれたことだ。

「是。出来るだけまとめよう」

リーは頷いた。観月の内心は、読み切っているようだった。

「日本に来てからの井辺さんの行動も、すべてが本筋ではないけれど、そのクライアントの依頼に則ったものだったね。いや、本筋ではないからこそ、僕には井辺さんが必要だった。江川、だったかな？　彼の場合もまあ、同じようなものだ。弟さんのビジネスに関わるけれど、もう出涸《でが》らしだと。断捨離だと。あのタイミングはさすがに焦ったよ。ミィちゃんたちの動きを褒めるべきかな。だからＤＭ51なんて爆弾を使わざるを得なかった。あれは僕としては、ちょっと無様《ぶざま》だったね。ああ、そうそう、その後の敷島だっけ？　あの大阪の刑事だけは、クライアントの中でも別に近いルートだったけど、なんて言うんだったかな。一つ穴の狢、呉越同舟。まあ、なんでもいいが、断るデメリットは本来のクライアントにも波及しそうだったのでね、流れとしてまとめて扱うことにした。繋ぐこと、綻びを埋めることは僕の得意とするところだ。それにしても、自画自賛するわけではないけど」

リーは手を打ち、ふふっ、と笑った。

「敷島の件は愉快だった。ＩＲの件で、ちょうど僕は木村義之という男を知りたいと思っていた。敷島は僕にとって幸運にも、その息子を脅かす男だった。繋げば日本でのＩＲビジネスに間違いなく道が開けそうだったのでね、僕は木村に話を持ち掛けた。息子さんを東京に送ってくれれば、こちらで壁蝨《だに》や虱《しらみ》を落として、綺麗な身体でお返ししますが、とね。当然、見返りはＩＲだよ。決まった以上、万博にも興味はあるけど。ははっ。木村は即座に乗ってきた。順調だったね。ここまでは。井辺さんの命も保った。その後のアクシデントは――」

リーの顔が朱《あか》く染まった。

西に目を細め、沈みゆく夕陽に手をかざし、ただの蛇足だ、とリーは付け加えた。声がわずかに、陰っていた。

「木村の息子が殺された、あるいは殺した。そんな情報もね。僕のところにはすぐに入ってくる。たとえ本筋のビジネスが無事終了した後だったとしても、これは僕という人間を、大いに僕を軽んじる行為だった。――いや、後だったからこそ、別料金としてそれなりの代償は払ってもらう必要があった。ふふっ。木村の息子の死から桂という男に辿り着き、報復までおよそ五時間は、僕としても満足のいくスピードだったよ。サーティ・サタンの面目躍如たるところだね」

観月としては、声もなかった。

すべての裏に、リーがいた。井辺新太も関わっていた。

読めなかった。

読み切れなかった。

もっと早くに気付いていれば、新ちゃんを救えたか。

病んだその身体を戻すことは、もう無理だとわかっている。

だから、命のことではない。

心の話だ。

少なくとも桂欣一、出来れば敷島五郎の前であったなら、新ちゃんは二人を殺さずに済んだ。

救われるべき男が、それでもう一人救われた。

「お、お嬢。わかったかい？　お、俺にゃあ、ちょっと難しいけどなあ」

繋ぎ止めていた命を手放すかのように、観月の腕の中で新ちゃんが二度目の血飛沫《ちしぶき》を吹き上げた。

「新ちゃんっ」

血の分、いやそれ以上に、観月の手の中で新ちゃんが軽くなってゆく気がした。

「さて、そろそろ陽が暮れる」

リーの声が死神を思わせて一気に冷えた。

当然、新ちゃんを連れてゆくためのものではないだろう。

そうはわかっていても、観月は動けなかった。

新ちゃんの頭をそれまでよりも高く上げ、観月は胸に掻き抱いた。

痛いなあ、と、新ちゃんの声はもう、観月の位置でなければ聞こえないほどに弱々しかった。

リーがゆっくり、上着の内側に手を差し入れた。

冷気のような気配がますます増大した。

磯部桃李だった頃のリーからは、感じたことのない気配だった。

殺気とも違う、もっと剣呑《けんのん》なものだ。

細く薄く、それでいて強烈に冷たく強く、そう、それが戦場の気配というものなのだろうか。

「んなろっ」

牧瀬が、二人を庇うように間に割って走り込んだ。

そのときだった。

「ストップ。そこまでにしようじゃないか。リー」

観月の真後ろ辺りの境内の端、薄暮の中に、一孤の闇が立っていた。

即妙体を完成していた観月にも、いることすらわからなかった。

いや、いるとわかってすら、存在は闇の中に朧《おぼろ》だった。

「Jボーイ」

リーが感嘆にも似た声を出した。

なんの呼称かは、すぐにわかった。

現れた闇は警視庁の、小日向純也の形を取っていた。

六

「先輩。――あ、いえ。理事官」

土壇場の弱気がおそらく先輩、と口走らせ、現状に対する責任感でおそらく、観月は言い直した。

ただ、どちらにしても思うことはひとつだった。

小日向純也はなぜここにいて、何をしようとしているのか。

疑問が口を衝《つ》いて出そうになったが、純也の手の動きに制された。

闇から出ても、純也はまだどこかに闇を引き摺るかのようだった。

チェシャ猫めいた微笑みも形としてはいつも通りだったが、柔らかさに欠けて見えた。

背に負う夕暮れが深いからか。

リー・ジェインを前にするからか。

順応、共鳴。

純也は、境内に数メートル入り込んだところで足を止めた。

観月たちまで十五メートル、リーまでさらに十五メートルと、そんな距離感だったろうか。

顔だけ目だけ動かし、観月はその場に固着した。

純也とリー、二人から同じような位置にいながら、動くことは躊躇われた。推移を見守るしか出来なかった。

観月の腕の中で、新ちゃんの呼吸や脈拍が、動けば消え入りそうなほど細かった。

加えるなら、小日向純也という公安マンに対する全幅の信頼、というのもあった。

しかし――。

「やられたよ。お手上げだ」

登場するなり純也は、そんな漠然とした敗北を口にした。

リーの気が、少しだけ乱れたような気がした。

「ふうん。お手上げってことは、ある程度までは読まれたってことだね。それはそれでさすがだよ、Jボーイ。ダニエルが認めるだけのことはある。さすがだ」

リーが思わず、口元を緩めた。

そこからのリーと純也の会話は、観月の上を滑るようだった。

聞いても観月には、もう出来ることは何もなかった。

実際、会話は純也とリーの駆け引きのような話に終始した。

リーが請け負ったビジネスの本筋というのはどうやら、クライアントがこれから日本国内で展開しようとする何某《なにがし》かの、〈輸入ルート〉の確立だったらしい。

そのために一番留意したのが、警視庁公安部の小日向純也という存在だったようだ。

「Jボーイ。君は日本警察の試金石だ。君に読まれなければ、誰にもつかめない」

「買い被《かぶ》られたものだ」

「どうだろう。でも、とにかく僕が安心出来ればいいのさ」

リーは密輸ルートを構築する実働の部下たちより先に入国し、自分自身も餌に、木村をブルー・ボックスにも巻き込んで、新ちゃんまでも動かした。

「そうすれば、ミィちゃんに気を取られてJボーイ、君なら僕を追うと思ってね。君が僕を追うなら、後から入った僕の部下たちはなんの心配もなく作業が進められる。実際、完璧な仕事が出来た」

「そう。実際、そうなったよ。君は僕を買い被り、僕は君を過小評価した。この開きは大きい。僕は迂闊にも、僕自身で小田垣を巻き込んだ。笑いも出ないほど無様で迂闊だった。だから――」

遊びはここまで、これ以上はさせない、と純也は言った。

黒い影のような純也は、さらに漆黒の気配をまとい始めた。

軽やかにスーツの上着の裾を撥《は》ね、ゆっくりと右腕を背中に回し、腰を沈める。

対するリーも、鏡写しのように心身の動きで純也に同調した。
「いいのかな。Jボーイ。戦争にしてもいいんだよ」
「いいね。本来なら、望みたいところだ」
観月を挟み、ふた色の膨大な気配が捻れ、もつれた。
あまりに馬鹿馬鹿しかった。
警視庁公安部の男のくせに。
ハーメルンの笛吹き男もどきであっても。
一人の老人の今際《いまわ》を汚し、大言壮語を吐くばかりの二人に、なんの別があるのか。
大義も正義も、真実も見えない。
今あるのは、今重要なのは、観月の腕の中で消え掛けている小さな命一つ。
それが現実で、それだけが現実だ。
観月の中にマグマが滾《たぎ》った。
渦巻き逆巻き、奔出の切っ掛けは胸に刺さるような、ほんの小さな痛みだった。
観月の腕の中で、新ちゃんが呻いた。
それが多分、哀しかったのだ。
痛みは細い針のようだった。
そしておそらく、鍵だった。

「二人とも、いい加減にしなさいよ！」

純也たちの戯言《ざれごと》を断ち切ったのは、観月の怒りだった。

颶風《ぐふう》として吹き荒れるような怒りだ。

怒り、哀しみ。

哀しいとは何。

胸の奥の、かすかな痛み。

細い針。

ああ、そうだった。

私は遠い昔、たしかに哀しみを味わったことがある。

今の哀しみは、そう――。

「戦争でもなんでも、やりたければよそでやってよ！　ただし、誰も使うなっ。誰も巻き込むな！」

新ちゃんの息が、途切れ始めていた。呼び返せない命なのは明白だった。

せめて安らかに。

哀しみは願いであり、祈りだった。

「そうだね」

純也がまず漆黒の気配を散らし、上着の内側から手を出した。

「お前を巻き込んでしまった負い目は、たしかに僕の方にある。引くに如《し》くはないか」

始まりゆく夜の中に、すでにどれだけ目を凝らしても純也は闇そのものだった。

だからこそか。声だけが心として純粋に響いた。

「是」

リーも純也に倣った。

境内に真っ直ぐ立つ。剣呑な気配は、どこにもなかった。

「僕も、本筋のビジネスは済んだ。今は退《ひ》こうか。これ以上は、なんの益もない。無駄は極力省く質だからね」

「じゃあ、リー。またどこかで」

「ああ。Jボーイ。せめて、戦場でないことを」

ゆっくりとゆっくりと、それぞれに後退《あとずさ》り始める。

「小田垣。そちらの亡骸《なきがら》の処理は、せめて僕のルートの方から、和歌山県警に頼んでおくよ」

そうして、純也はおそらく駐車場の方へ向かった。

リーは石段から鳥居の方へだ。

パチン。

去り際の最後、残照を背負ったリーが指を鳴らした。

「Jボーイだけじゃないよ。ミィちゃん。千変万化する状況の一つとして、僕もプレゼントを用意しておいたよ。お詫《わ》び、じゃないけどね。そう思ってもらえたら有り難い」

声は前へ、シルエットは闇の中へ。

「ブルー・ボックス三階の角、A―190だったかな？　そこの段ボールを開けてごらん。面白いものが入っているよ」

「――えっ」

この場合、突き付けられる言葉がいきなりすぎて、一瞬理解できなかった。

「けっ。なんだよ。それ」

観月に代わって口を開いたのは牧瀬だった。

「なんだよ、と思われるようなところにもまた、僕のルートはあるんでね」

リーはかすかに笑った、ようだった。

境内はすでに、消え残る朱より闇が濃かった。

「僕が請け負った本筋の〈商品〉だ。あげるよ。僕の仕事は道をつけることで、商売じゃないからね」

やがて遠くに低いエグゾーストノートが聞こえ、逆方向にリーのかすかな気配も途絶えた。

残照の中に残るものは観月と新ちゃんと、ブルー・ボックスの馬場に電話を掛ける牧瀬と、蜩の声だけだった。

新ちゃんがかすかに動いた。

いや、笑ったようだった。

「へへっ。お、お嬢、いい啖呵《たんか》だったね。気持ちがいいや。気分も、いい」

新ちゃんの声はもう、蜩の啼《な》き声より儚《はかな》かった。

「満足だよ。帰ってきて、よかった。火入れも見れた。お嬢とも会えた。乱取りも出来た。これ以上に何がある。何も要らないよ。大満足だ」

胸の奥が疼いた。なにかが留《とど》まっている。

また、哀しみが鍵を開けた。

ひと筋の涙が、頬を伝った。

新ちゃんの瞼《まぶた》に落ちた。

滂沱《ぼうだ》を超える、唯一無二の、ひと粒の涙。

「ああ。涙かい。泣けたかい。ああ、泣けたんだ。よかったね。こんな俺の死でも、お嬢の役に立ったかなあ」

新ちゃんの身体に痙攣が始まった。

間もなくだった。

間もなく和歌浦の向こうに、陽の光が完全に消える。

「新ちゃん」

「さっきのあんパン、美味しいよ。お嬢、食べな」

それが、新ちゃんの最後の言葉だった。


境内を取り巻く外灯に明かりが灯《とも》る時刻だった。

新ちゃんの顔は、皺くちゃだったが、笑顔だった。

なら、それでいい。

大満足だったのなら、それでいい。

「管理官」

牧瀬が電話を終えたようだった。

「って。えっ」

駆け寄ってきて、立ち尽くす。

観月は静かに、新ちゃんの亡骸を横たえた。

両手を合わせ、それで常態に復す。

後始末として、しなければならないことは大いにある。

〈感情〉を動かしている場合ではない。

私は警視庁警務部人事一課監察官室の管理官であり、ブルー・ボックスの、アイス・クイーンなのだから。

「いいわ。向こうはなんだって？」

立ち上がり、本殿へ歩く。

「はい。馬場が言うにはですね」

牧瀬が後に続いた。

「棚の段ボールの中に、目薬のような小さなパッケージが一つ、余分だそうです。ＥＸＥって書いてあるとかって」

「ＥＸＥ？　ふうん」

どこかで聞いた気がした。

どこで――。

エグゼ。

「ああ」

そう、Ｊファン倶楽部の呑み会で宝生聡子がそんな言葉を口にしていた。

ＥＸＥがまんまエグゼで東京竜神会、五条国光が絡むなら――。

弟思いのクライアントは、竜神会会長の五条宗忠。

なるほど、それがリー・ジェインの置き土産。

「貰っといてあげるけど、今はどうでもいい。今はこっちの方が、私には遥かに大事」

本殿の前に立ち、観月は足元をゆっくりと見下ろした。

ビニル袋に入ったまま置かれた、新ちゃんのあんパンが三つあった。

階に座り、一つを手に取った。

「係長も食べれば」

言って、ひと齧りした。

原風景が蘇る、始まりの味だった。

——仕方がない。お嬢のためだ。取っときの、これをあげっかな。

そう言って最初、あんパンをくれたのは関口の爺ちゃんだった。

——足りないんなら足せばいい。明日から毎日おいで。お嬢が言うところの体操、教えてあげよう。体操したら、あんパンをあげよう。取っときのだよ。

この言葉に、体操の人たちに、観月はおそらく救われた。

(爺ちゃんも、新ちゃんも、安らかにね)

もうひと齧りした。

あんパンはなぜか、しょっぱかった。

警視庁監察官Q《けいしちょうかんさつかんキュー》　メモリーズ　朝日文庫

2019年8月30日　第1刷発行
2024年6月10日　第3刷発行

著　者　鈴《すず》峯《みね》紅《こう》也《や》

発行者　宇都宮健太朗
発行所　朝日新聞出版
〒104-8011　東京都中央区築地5-3-2
電話　03-5541-8832（編集）
03-5540-7793（販売）

印刷製本　大日本印刷株式会社

Published in Japan by Asahi Shimbun Publications Inc.
定価はカバーに表示してあります

ISBN978-4-02-264926-3

落丁・乱丁の場合は弊社業務部（電話 03-5540-7800）へご連絡ください。

送料弊社負担にてお取り替えいたします。

朝日文庫

鈴峯紅也
警視庁監察官Q
人並みの感情を失った代わりに、超記憶能力を得た監察官・小田垣観月。アイスクイーンと呼ばれる彼女が警察内部に巣食う悪を裁く新シリーズ！

梶永正史
組織犯罪対策課　白鷹雨音
白昼の井の頭公園に放置されたピエロ姿の遺体。その頬には謎の英数字が……。〈鷹の目〉の異名を持つ女刑事・白鷹雨音が連続殺人鬼に挑む！

堂場瞬一
暗転
通勤電車が脱線し八〇人以上の死者を出す大惨事が起きた。鉄道会社は何かを隠していると思った老警官とジャーナリストは真相に食らいつく。

堂場瞬一
内通者
千葉県警捜査二課の結城孝道は、千葉県土木局と建設会社の汚職事件を追う。決定的な情報もつかみ逮捕直前までいくのだが、思わぬ罠が……。

貫井徳郎
乱反射
《日本推理作家協会賞受賞作》
幼い命の死。報われぬ悲しみ。決して法では裁けない「殺人」に、残された家族は沈黙するしかないのか？　社会派エンターテインメントの傑作。

安東能明
殺人予告
社会部記者の岩田のところに、刑務所に服役中のはずの男から「おれ殺しちゃいそう」と電話がかかってくる。本気なのか、警察に通報すべきか？

六道 慧
警視庁特別取締官

捜査一課を追われた星野美咲と、生物学者兼獣医・鷹木晴人のコンビがゴミ屋敷で発生した殺人事件の真相に迫る、書き下ろしシリーズ第一弾。

六道 慧
ブルーブラッド
警視庁特別取締官

捜査一課を追われた星野美咲と生物学者の相棒・鷹木晴人。異色コンビが、絶滅危惧生物と相次ぐ不審死との関係を明らかにする、シリーズ第二弾！

六道 慧
デラシネの真実
警視庁特別取締官

謎解きマイスターの異名を持つ女刑事の星野美咲と生物学者の相棒・鷹木晴人が、池で発見した白骨の謎に挑む、書き下ろしシリーズ第3弾。

曽根 圭介
工作名 カサンドラ

中国が尖閣諸島を不法占拠した。国内では軍事力に訴える声が高まり、新たに柘植友里恵が総理大臣となる。だが米国などの思惑が絡んで……。

今野 敏
連写
TOKAGE 特殊遊撃捜査隊

バイクを利用した強盗が連続発生。警視庁の覆面捜査チーム「トカゲ」が出動するが、なぜか犯人の糸口が見つからない……。《解説・細谷正充》

今野 敏
天網《てんもう》
TOKAGE《トカゲ》2 特殊遊撃捜査隊

首都圏の高速バスが次々と強奪される前代未聞の事態が発生。警視庁の特殊捜査部隊が再び招集され、深夜の追跡が始まる。シリーズ第二弾。